ISBN : 978-2-211-30816-8

Loi numéro 49 956 du 16 juillet 1949 sur les publications destinées à la jeunesse : avril 1982
Dépôt légal : juillet 2020
Imprimé en France par CPI Firmin-Didot
à Mesnil-sur-l'Estrée (158588)

Honoré de Balzac

La Peau de chagrin

Abrégé par Bernard Noël

Classiques

Texte abrégé

l'école des loisirs

11, rue de Sèvres, Paris 6e

LE TALISMAN

La Peau de chagrin paraît pour la première fois en volume chez Gosselin & Canel, en 1831. Cette première édition, assez différente de l'édition « Furne » corrigée ultérieurement par Balzac, comporte des divisions en chapitres. C'est sur l'édition « Furne » corrigée, qui fait autorité, que nous avons travaillé, en choisissant de rétablir, pour la commodité de la lecture, les divisions en chapitres de la première édition.

I

Vers la fin du mois d'octobre dernier, un jeune homme entra dans le Palais-Royal au moment où les maisons de jeu s'ouvraient. Sans trop hésiter, il monta l'escalier du tripot désigné sous le nom de numéro 36.

– Monsieur, votre chapeau, s'il vous plaît ? lui cria d'une voix sèche et grondeuse un petit vieillard blême accroupi dans l'ombre, protégé par une barricade.

Quand vous entrez dans une maison de jeu, la loi commence par vous dépouiller de votre chapeau. Est-ce une parabole évangélique et providentielle ? N'est-ce pas plutôt une manière de conclure un contrat infernal avec vous en exigeant je ne sais quel gage ?

L'étonnement manifesté par le jeune homme en recevant une fiche numérotée en échange de son chapeau, indiquait assez une âme encore innocente ; aussi le petit vieillard, qui sans doute avait croupi dès son jeune âge dans les bouillants plaisirs de la vie des joueurs, lui jeta un coup d'œil terne et sans chaleur.

Cet homme présentait la pâle image de la passion réduite à son terme le plus simple. Dans ses rides il y avait trace de vieilles tortures, il devait jouer ses maigres appointements le jour même où il les recevait.

Semblable aux rosses sur qui les coups de fouet n'ont plus de prise, rien ne le faisait tressaillir; les sourds gémissements des joueurs qui sortaient ruinés, leurs muettes imprécations, leurs regards hébétés, le trouvaient toujours insensible. C'était le JEU incarné.

II

Au moment où le jeune homme entra dans le salon, quelques joueurs s'y trouvaient déjà. Chose inouïe! tous en voyant l'inconnu éprouvèrent je ne sais quel sentiment épouvantable.

Ne faut-il pas être bien malheureux pour obtenir de la pitié, bien faible pour exciter une sympathie, ou d'un bien sinistre aspect pour faire frissonner les âmes dans cette salle où les douleurs doivent être muettes, où la misère est gaie, et le désespoir décent? Eh bien! il y avait de tout cela dans la sensation neuve qui remua ces cœurs glacés quand le jeune homme entra.

Au premier coup d'œil les joueurs lurent sur le visage du novice quelque horrible mystère, ses jeunes traits étaient empreints d'une grâce nébuleuse, son regard attestait des efforts trahis, mille espérances trompées!

La morne impassibilité du suicide donnait à ce front une pâleur mate et maladive, un sourire amer dessinait de légers plis dans les coins de la bouche, et la physionomie exprimait une résignation qui faisait mal à voir.

Le jeune homme marcha droit à la table, s'y tint debout, jeta sans calcul sur le tapis une pièce d'or qu'il avait à la main, et qui roula sur noir.

Chacun des spectateurs voulut voir un drame et la dernière scène d'une noble vie dans le sort de cette pièce d'or.

– Rouge, pair, passe, dit officiellement le tailleur[1].

Quant au jeune homme, il ne comprit sa ruine qu'au moment où le râteau s'allongea pour ramasser son dernier napoléon. L'inconnu ferma les yeux doucement, ses lèvres blanchirent ; mais il releva bientôt ses paupières, sa bouche reprit une rougeur de corail, il disparut sans mendier une consolation par un de ces regards déchirants que les joueurs au désespoir lancent assez souvent sur la galerie.

Combien d'événements se pressent dans l'espace d'une seconde, et que de choses dans un coup de dé !

– Voilà sans doute sa dernière cartouche, dit en souriant le croupier après un moment de silence pendant lequel il tint cette pièce d'or entre le pouce et l'index pour la montrer aux assistants.

– C'est un cerveau brûlé qui va se jeter à l'eau, répondit un habitué en regardant autour de lui les joueurs qui se connaissaient tous.

1. L'employé du cercle de jeu qui mêlait, coupait et distribuait les cartes.

III

Le jeune homme passait sans réclamer son chapeau; mais le vieux molosse, ayant remarqué le mauvais état de cette guenille, la lui rendit sans proférer une parole; le joueur restitua la fiche par un mouvement machinal, et descendit les escaliers en sifflant.

Il se trouva bientôt sous les galeries du Palais-Royal, alla jusqu'à la rue Saint-Honoré, prit le chemin des Tuileries et traversa le jardin d'un pas indécis. Il marchait comme au milieu d'un désert, coudoyé par des hommes qu'il ne voyait pas, n'écoutant à travers les clameurs populaires qu'une seule voix, celle de la mort.

Il s'achemina vers le pont Royal. Arrivé au point culminant de la voûte, il regarda l'eau d'un air sinistre.

– Mauvais temps pour se noyer, lui dit en riant une vieille femme vêtue de haillons. Est-elle sale et froide, la Seine!

Il répondit par un sourire plein de naïveté qui attestait le délire de son courage. Une mort en plein jour lui parut ignoble, il résolut de mourir pendant la nuit. Il continua donc son chemin, et se dirigea vers le quai Voltaire, en prenant la démarche indolente d'un désœuvré qui veut tuer le temps.

Il marcha d'un pas mélancolique le long des magasins, en examinant sans beaucoup d'intérêt les échantillons de marchandises. Quand les boutiques lui manquèrent, il étudia le Louvre, l'Institut, les tours de Notre-Dame, celles du Palais, le pont des Arts. Ces monuments paraissaient prendre une physionomie triste en reflétant les teintes grises du ciel dont les rares clartés prêtaient un air menaçant à Paris qui, pareil à une jolie femme, est soumis à d'inexplicables caprices de laideur et de beauté.

Il se dirigea vers un magasin d'antiquités dans l'intention d'y attendre la nuit en marchandant des objets d'art. C'était, pour ainsi dire, quêter du courage et demander un cordial, comme les criminels qui se défient de leurs forces en allant à l'échafaud.

IV

La conscience de sa prochaine mort rendit pour un moment au jeune homme l'assurance d'une duchesse qui a deux amants, et il entra chez le marchand de curiosités d'un air dégagé, laissant voir sur ses lèvres un sourire fixe comme celui d'un ivrogne.

Il demanda simplement à visiter les magasins pour chercher s'ils ne renfermaient pas quelques singularités à sa convenance.

Un jeune garçon à figure fraîche et joufflue, à chevelure rousse, et coiffé d'une casquette de loutre, dit à l'étranger d'un air insouciant :

– Voyez, monsieur, voyez ! Nous n'avons en bas que des choses assez ordinaires ; mais si vous voulez prendre la peine de monter au premier étage, je pourrai vous montrer de fort belles momies du Caire, plusieurs poteries incrustées, quelques ébènes sculptés, *vraie Renaissance*, récemment arrivés, et qui sont de toute beauté.

Dans l'horrible situation où se trouvait l'inconnu, ces phrases sottement mercantiles furent pour lui comme les taquineries mesquines par lesquelles des esprits étroits assassinent un homme de génie. Portant sa croix jusqu'au bout, il parut écouter son conducteur et lui répondit par gestes ou par monosyllabes ; mais insensiblement il sut conquérir le droit d'être silencieux, et put se livrer sans crainte à ses dernières méditations.

Au premier coup d'œil, les magasins lui offrirent un tableau confus, dans lequel toutes les œuvres humaines et divines se heurtaient. Des crocodiles, des singes, des boas empaillés souriaient à des vitraux d'église, semblaient vouloir mordre des bustes, courir après des laques, ou grimper sur des lustres.

Le commencement du monde et les événements d'hier se mariaient avec une grotesque bonhomie. Un tournebroche était posé sur un ostensoir, un sabre républicain sur une hacquebute du Moyen Âge.

Les instruments de mort, poignards, pistolets curieux, armes à secret, étaient jetés pêle-mêle avec des instruments de vie : soupières en porcelaine, assiettes de Saxe, tasses orientales venues de Chine, salières antiques, drageoirs féodaux.

Tous les pays de la terre semblaient avoir apporté là quelque débris de leurs sciences, un échantillon de leurs arts.

En montant l'escalier intérieur qui conduisait aux salles situées au premier étage, il vit des boucliers votifs, des panoplies, des tabernacles sculptés, des figures en bois pendues aux murs, posées sur chaque marche.

Poursuivi par les formes les plus étranges, par des créations merveilleuses assises sur les confins de la mort et de la vie, il marchait dans les enchantements d'un songe. Enfin, doutant de son existence, il était comme ces objets curieux, ni tout à fait mort, ni tout à fait vivant.

Quand il entra dans les nouveaux magasins, le jour commençait à pâlir; mais la lumière semblait inutile aux richesses resplendissantes d'or et d'argent qui s'y trouvaient entassées.

Les plus coûteux caprices de dissipateurs morts sous des mansardes après avoir possédé plusieurs millions étaient dans ce vaste bazar des folies humaines. Une écritoire payée cent mille francs et rachetée pour cent sous gisait auprès d'une serrure à secret dont le prix aurait suffi jadis à la rançon d'un roi.

Là, le génie humain apparaissait dans toutes les pompes de sa misère, dans toute la gloire de ses gigantesques petitesses. Une table d'ébène, véritable idole d'artiste, sculptée d'après les dessins de Jean Goujon et qui coûta jadis plusieurs années de travail, avait été peut-être acquise au prix du bois à brûler. Des coffrets précieux, des meubles faits par la main des fées, y étaient dédaigneusement amoncelés.

– Vous avez des millions ici! s'écria le jeune homme en arrivant à la pièce qui terminait une immense enfilade d'appartements dorés et sculptés par des artistes du siècle dernier.

– Dites des milliards, répondit le gros garçon joufflu. Mais ce n'est rien encore, montez au troisième étage, et vous verrez!

L'inconnu suivit son conducteur et parvint à une quatrième galerie où successivement passèrent devant ses yeux fatigués plusieurs tableaux du Poussin, une sublime statue de Michel-Ange, quelques ravissants paysages de Claude Lorrain, des Rembrandt, des Murillo, des Vélasquez sombres et colorés comme un poème de lord Byron; puis des bas-reliefs antiques, des coupes d'agate, des onyx merveilleux! Enfin c'était des travaux à dégoûter du travail, des chefs-d'œuvre accumulés à faire prendre en haine les arts et à tuer l'enthousiasme.

Il arriva devant une Vierge de Raphaël, mais il était las de Raphaël. Une figure de Corrège qui voulait un regard ne l'obtint même pas.

– Que contient cette boîte? demanda-t-il en arrivant à un grand cabinet, dernier monceau de gloire, d'efforts humains, d'originalités, de richesses, parmi lesquelles il montra du doigt une grande caisse carrée construite en acajou, suspendue à un clou par une chaîne d'argent.

– Ah! Monsieur en a la clé, dit le gros garçon avec un air de mystère. Si vous désirez voir ce portrait, je me hasarderai volontiers à prévenir Monsieur.

– Vous hasarder! reprit le jeune homme. Votre maître est-il un prince?

– Mais, je ne sais pas, répondit le garçon.

Ils se regardèrent pendant un moment aussi étonnés l'un que l'autre.

L'apprenti interpréta le silence de l'inconnu comme un souhait, l'apprenti le laissa seul dans le cabinet.

V

Les merveilles dont l'aspect venait de présenter au jeune homme toute la création connue mirent dans son âme l'abattement que produit chez le philosophe la vue scientifique des créations inconnues, il souhaita plus vivement que jamais de mourir, et tomba sur une chaise curule en laissant errer ses regards à travers les fantasmagories de ce panorama du passé.

Le silence régnait si profondément autour de lui, que bientôt il s'aventura dans une douce rêverie dont les impressions graduellement noires suivirent, de nuance en nuance et comme par magie, les lentes dégradations de la lumière.

Une lueur en quittant le ciel fit reluire un dernier reflet rouge en luttant contre la nuit, il leva la tête. Les vagues reflets du couchant lui permirent d'apercevoir indistinctement les fantômes par lesquels il était entouré; puis toute cette nature morte s'abolit dans une même teinte noire.

La nuit, l'heure de mourir était subitement venue.

Il s'écoula, dès ce moment, un certain laps de temps pendant lequel il n'eut aucune perception claire des choses terrestres, soit qu'il se fût enseveli dans une rêverie profonde, soit qu'il eût cédé à la somnolence provoquée par ses fatigues et par la multitude des pensées qui lui déchiraient le cœur.

Tout à coup il crut avoir été appelé par une voix terrible, et il tressaillit comme lorsqu'au milieu d'un brûlant cauchemar nous sommes précipités d'un seul bond dans les profondeurs d'un abîme. Il ferma les yeux, les rayons d'une vive lumière l'éblouissaient; il voyait briller au sein des ténèbres une sphère rougeâtre dont le centre était occupé par un petit vieillard qui se tenait debout et dirigeait sur lui la clarté d'une lampe. Il ne l'avait entendu ni venir, ni parler, ni se mouvoir.

Cette apparition eut quelque chose de magique. L'homme le plus intrépide, surpris ainsi dans son sommeil, aurait sans doute tremblé devant ce personnage qui semblait être sorti d'un sarcophage voisin.

VI

Figurez-vous un petit vieillard sec et maigre, vêtu d'une robe en velours noir, serrée autour de ses reins par un gros cordon de soie. Sur sa tête, une calotte en velours également noir laissait passer, de chaque côté de la figure, les longues mèches de ses cheveux blancs. La robe ensevelissait le corps comme dans un vaste linceul, et ne permettait de voir d'autre forme humaine qu'un visage étroit et pâle.

Les lèvres de cet homme étaient si décolorées, si minces, qu'il fallait une attention particulière pour deviner la ligne tracée par la bouche dans son blanc visage. Une finesse d'inquisiteur, trahie par les sinuosités de ses rides et par les plis circulaires dessinés sur ses tempes, accusait une science profonde des choses de la vie. Il était impossible de tromper cet homme qui semblait avoir le don de surprendre les pensées au fond des cœurs les plus discrets.

Le vieillard se tenait debout, immobile, inébranlable comme une étoile au milieu d'un nuage de lumière, ses yeux verts, pleins de je ne sais quelle malice calme, semblaient éclairer le monde moral comme sa lampe illuminait ce cabinet mystérieux. Tel fut le spectacle étrange qui surprit le jeune homme. Il trembla devant cette lumière et ce vieillard, agité par l'inexplicable pressentiment de quelque pouvoir étrange.

VII

– Monsieur désire voir le portrait de Jésus-Christ peint par Raphaël ? lui dit courtoisement le vieillard d'une voix dont la sonorité claire et brève avait quelque chose de métallique.

Et il posa la lampe sur le fût d'une colonne brisée, de manière à ce que la boîte brune reçût toute la clarté.

Aux noms religieux de Jésus-Christ et de Raphaël, il échappa au jeune homme un geste de curiosité, sans doute attendu par le marchand qui fit jouer un ressort. Soudain le panneau d'acajou glissa dans une rainure, tomba sans bruit et livra la toile à l'admiration de l'inconnu.

La tendre sollicitude, la douce sérénité du divin visage influèrent aussitôt sur lui. Cette peinture inspirait une prière, recommandait le pardon, étouffait l'égoïsme, réveillait toutes les vertus endormies.

– J'ai couvert cette toile de pièces d'or, dit froidement le marchand.

– Eh bien ! il va falloir mourir ! s'écria le jeune homme qui sortait d'une rêverie dont la dernière pensée l'avait ramené vers sa fatale destinée.

– Ah ! ah ! j'avais donc raison de me méfier de toi, répondit le vieillard en saisissant les deux mains du jeune homme qu'il serra par les poignets dans l'une des siennes, comme dans un étau.

L'inconnu sourit tristement de cette méprise et dit d'une voix douce :

– Hé ! monsieur, ne craignez rien, il s'agit de ma vie et non de la vôtre. Pourquoi n'avouerais-je pas une innocente supercherie ? reprit-il après avoir regardé le vieillard inquiet. En attendant la nuit, afin de pouvoir me noyer sans esclandre, je suis venu voir vos richesses. Qui ne pardonnerait ce dernier plaisir à un homme de science et de poésie ?

Le soupçonneux marchand examina d'un œil sagace le morne visage de son faux chaland tout en l'écoutant parler. Rassuré bientôt par l'accent de cette voix douloureuse, il lâcha les mains ; mais par un reste de suspicion qui révéla une expérience au moins centenaire, il étendit nonchalamment le bras vers un buffet comme pour s'appuyer, et dit en y prenant un stylet :

– Votre père vous a-t-il trop vivement reproché d'être venu au monde, ou bien êtes-vous déshonoré ? Vous trouvez-vous obligé de composer des flonflons pour payer le convoi de votre maîtresse ? N'auriez-vous pas plutôt la maladie de l'or ? Voulez-vous détrôner l'ennui ? Enfin, quelle erreur vous engage à mourir ?

– Ne cherchez pas le principe de ma mort dans les raisons vulgaires qui commandent la plupart des suicides. Pour me dispenser de vous dévoiler des souffrances inouïes et qu'il est difficile d'exprimer en langage humain, je vous dirai que je suis dans la plus profonde, la plus ignoble, la plus perçante de toutes les misères. Et, ajouta-t-il d'un ton de voix dont la fierté sauvage démentait ses paroles précédentes, je ne veux mendier ni secours ni consolations.

– Eh! eh! (Ces deux syllabes que d'abord le vieillard fit entendre pour toute réponse ressemblèrent au cri d'une crécelle. Puis il reprit ainsi :) Sans vous forcer à m'implorer, sans vous faire rougir, et sans vous donner un centime de France, un parat du Levant, un tarain de Sicile, un heller d'Allemagne, un kopeck de Russie, un farthing d'Écosse, je veux vous faire plus riche, plus puissant et plus considéré que ne peut l'être un roi constitutionnel.

Le jeune homme crut le vieillard en enfance, et resta comme engourdi, sans oser répondre.

– Retournez-vous, dit le marchand en saisissant tout à coup la lampe pour en diriger la lumière sur le mur qui faisait face au portrait, et regardez cette PEAU DE CHAGRIN, ajouta-t-il.

VIII

Le jeune homme se leva brusquement et témoigna quelque surprise en apercevant au-dessus du siège où il s'était assis un morceau de *chagrin* accroché sur le mur, et dont la dimension n'excédait pas celle d'une peau de renard ; mais, par un phénomène inexplicable au premier abord, cette peau projetait au sein de la profonde obscurité qui régnait dans le magasin des rayons si lumineux que vous eussiez dit d'une petite comète. Les grains noirs du chagrin étaient si soigneusement polis et si bien brunis, les rayures capricieuses en étaient si propres et si nettes que, pareilles à des facettes de grenat, les aspérités de ce cuir oriental formaient autant de petits foyers qui réfléchissaient vivement la lumière.

Il démontra mathématiquement la raison de ce phénomène au vieillard, qui, pour toute réponse, sourit avec malice.

Ce sourire de supériorité fit croire au jeune savant qu'il était dupe en ce moment de quelque charlatanisme. Il ne voulut pas emporter une énigme de plus dans la tombe, et retourna promptement la peau comme un enfant pressé de connaître les secrets de son jouet nouveau.

– Ah ! ah ! s'écria-t-il, voici l'empreinte du sceau que les Orientaux nomment le cachet de Salomon.

– Vous le connaissez donc ? demanda le marchand. Puisque vous êtes un orientaliste, peut-être lirez-vous cette sentence ?

Il apporta la lampe près du talisman que le jeune homme tenait à l'envers, et lui fit apercevoir des caractères incrustés dans le tissu cellulaire de cette peau merveilleuse, comme s'ils eussent été produits par l'animal auquel elle avait jadis appartenu.

– J'avoue, s'écria l'inconnu, que je ne devine guère le procédé dont on se sera servi pour graver si profondément ces lettres sur la peau d'un onagre !

Et, se retournant avec vivacité vers les tables chargées de curiosités, ses yeux parurent y chercher quelque chose.

– Que voulez-vous ? demanda le vieillard.

– Un instrument pour trancher le chagrin, afin de voir si les lettres y sont empreintes ou incrustées.

Le vieillard présenta le stylet à l'inconnu, qui le prit et tenta d'entamer la peau à l'endroit où les paroles se trouvaient écrites ; mais, quand il eut enlevé une légère couche de cuir, les lettres y reparurent si nettes et tellement conformes à celles qui étaient imprimées sur la surface, que, pendant un moment, il crut n'en avoir rien ôté.

– L'industrie du Levant a des secrets qui lui sont réellement particuliers, dit-il en regardant la sentence orientale avec une sorte d'inquiétude.

– Oui, répondit le vieillard, il vaut mieux s'en prendre aux hommes qu'à Dieu !

Les paroles mystérieuses étaient disposées de la manière suivante :

SI TU ME POSSÈDES, TU POSSÉDERAS TOUT.
MAIS TA VIE M'APPARTIENDRA. DIEU L'A
VOULU AINSI. DÉSIRE, ET TES DÉSIRS
SERONT ACCOMPLIS. MAIS RÈGLE
TES SOUHAITS SUR TA VIE.
ELLE EST LÀ. À CHAQUE
VOULOIR JE DÉCROÎTRAI
COMME TES JOURS.
ME VEUX-TU ?
PRENDS. DIEU
T'EXAUCERA.
SOIT !

– Ah ! vous lisez couramment le sanscrit, dit le vieillard. Peut-être avez-vous voyagé en Perse ou dans le Bengale ?

– Non, monsieur, répondit le jeune homme en tâtant avec curiosité cette peau symbolique, assez semblable à une feuille de métal par son peu de flexibilité.

Le vieux marchand remit la lampe sur la colonne où il l'avait prise, en lançant au jeune homme un regard empreint d'une froide ironie qui semblait dire : « Il ne pense déjà plus à mourir. »

IX

– Est-ce une plaisanterie, est-ce un mystère ? demanda le jeune inconnu.

Le vieillard hocha de la tête et dit gravement :

– Je ne saurais vous répondre. J'ai offert le terrible pouvoir que donne ce talisman à des hommes doués de plus d'énergie que vous ne paraissiez en avoir ; mais, tout en se moquant de la problématique influence qu'il devait exercer sur leurs destinées futures, aucun n'a voulu se risquer à conclure ce contrat si fatalement proposé par je ne sais quelle puissance. Je pense comme eux, j'ai douté, je me suis abstenu, et…

– Et vous n'avez pas même essayé ? dit le jeune homme en l'interrompant.

– Essayer ! dit le vieillard. Si vous étiez sur la colonne de la place Vendôme, essaieriez-vous de vous jeter dans les airs ?

« Avant d'entrer dans ce cabinet, vous aviez résolu de vous suicider ; mais tout à coup un secret vous occupe et vous distrait de mourir. Enfant ! Chacun de vos jours ne vous offrira-t-il pas une énigme plus intéressante que ne l'est celle-ci ?

« Écoutez-moi. Je vais vous révéler en peu de mots un grand mystère de la vie humaine.

« L'homme s'épuise par deux actes instinctivement accomplis qui tarissent les sources de son existence.

Deux verbes expriment toutes les formes que prennent ces deux causes de mort : VOULOIR et POUVOIR.

« Entre ces deux termes de l'action humaine, il est une autre formule dont s'emparent les sages, et je lui dois le bonheur et ma longévité. *Vouloir* nous brûle et *Pouvoir* nous détruit ; mais SAVOIR laisse notre faible organisation dans un perpétuel état de calme. Ainsi le désir ou le vouloir est mort en moi, tué par la pensée ; le mouvement ou le pouvoir s'est résolu par le jeu naturel de mes organes. En deux mots, j'ai placé ma vie, non dans le cœur qui se brise, non dans les sens qui s'émoussent ; mais dans le cerveau qui ne s'use pas et qui survit à tout.

« La pensée est la clé de tous les trésors, elle procure les joies de l'avare sans donner ses soucis. Ce que les hommes appellent chagrins, amours, ambitions, revers, tristesse, sont pour moi des idées que je change en rêveries. N'ayant jamais lassé mes organes, je jouis encore d'une santé robuste. Mon âme ayant hérité de toute la force dont je n'abusais pas, cette tête est encore mieux meublée que ne le sont mes magasins.

« Là, dit-il en se frappant le front, là sont les vrais millions. Ceci, dit-il d'une voix éclatante en montrant la peau de chagrin, est le *pouvoir* et le *vouloir* réunis. Le mot de Sagesse ne vient-il pas de savoir ? et qu'est-ce que la folie, sinon l'excès d'un vouloir ou d'un pouvoir ?

– Eh bien ! oui, je veux vivre avec excès, dit l'inconnu en saisissant la peau de chagrin.

– Jeune homme, prenez garde ! s'écria le vieillard avec une incroyable vivacité.

– J'avais résolu ma vie par l'étude et par la pensée ; mais elles ne m'ont même pas nourri, répliqua l'inconnu. Je ne veux être la dupe ni de votre amulette orientale, ni des charitables efforts que vous faites, monsieur, pour me retenir dans un monde où mon existence est désormais impossible. Voyons ! ajouta-t-il en serrant le talisman d'une main convulsive et regardant le vieillard. Je veux un dîner royalement splendide ! Que mes convives soient jeunes, spirituels et sans préjugés, joyeux jusqu'à la folie ! Que les vins se succèdent toujours plus incisifs, plus pétillants, et soient de force à nous enivrer pour trois jours ! Que cette nuit soit parée de femmes ardentes ! Je commande à ce pouvoir sinistre de me fondre toutes les joies dans une joie. Oui, j'ai besoin d'embrasser les plaisirs du ciel et de la terre dans une dernière étreinte pour en mourir.

Un éclat de rire, parti de la bouche du petit vieillard, retentit dans les oreilles du jeune fou comme un bruissement de l'enfer, et l'interdit si despotiquement qu'il se tut.

– Croyez-vous, dit le marchand, que mes planchers vont s'ouvrir tout à coup pour donner passage à des tables somptueusement servies et à des convives de l'autre monde ? Non, non, jeune étourdi. Vous avez signé le pacte, tout est dit. Maintenant vos volontés seront scrupuleusement satisfaites, mais aux dépens de votre vie. Le cercle de vos jours, figuré par cette peau, se resserrera suivant la force et le nombre de vos souhaits, depuis le plus léger jusqu'au plus exorbitant.

« Le bramine auquel je dois ce talisman m'a jadis expliqué qu'il s'opérerait un mystérieux accord entre les destinées et les souhaits du possesseur. Votre premier désir est vulgaire, je pourrais le réaliser ; mais j'en laisse le soin aux événements de votre nouvelle existence. Après tout, vous vouliez mourir ? Eh bien ! votre suicide n'est que retardé.

L'inconnu, surpris et presque irrité de se voir toujours plaisanté par ce singulier vieillard, s'écria :

– Je verrai bien, monsieur, si ma fortune changera pendant le temps que je vais mettre à franchir la largeur du quai. Mais, si vous ne vous moquez pas d'un malheureux, je désire, pour me venger d'un si fatal service, que vous tombiez amoureux d'une danseuse !

Il sortit sans entendre un grand soupir que poussa le vieillard, traversa les salles et descendit les escaliers de cette maison, suivi par le gros garçon joufflu qui voulut vainement l'éclairer ; il courait avec la prestesse d'un voleur pris en flagrant délit.

Aveuglé par une sorte de délire, il ne s'aperçut même pas de l'incroyable ductilité de la peau de chagrin, qui, devenue souple comme un gant, se roula sous ses doigts frénétiques et put entrer dans la poche de son habit où il la mit presque machinalement.

X

En s'élançant de la porte du magasin sur la chaussée, il heurta trois jeunes gens qui se tenaient bras dessus bras dessous.

– Animal !

– Imbécile !

Telles furent les gracieuses interpellations qu'ils échangèrent.

– Eh ! c'est Raphaël.

– Ah ! bien, nous te cherchions.

– Quoi ! c'est vous ?

Ces trois phrases amicales succédèrent à l'injure aussitôt que la clarté d'un réverbère balancé par le vent frappa les visages de ce groupe étonné.

– Mon cher ami, dit à Raphaël le jeune homme qu'il avait failli renverser, tu vas venir avec nous.

– De quoi s'agit-il donc ?

– Avance toujours, je te conterai l'affaire en marchant.

De force ou de bonne volonté, Raphaël fut entouré de ses amis, qui, l'ayant enchaîné par les bras dans leur joyeuse bande, l'entraînèrent vers le Pont-des-Arts.

– Mon cher, dit l'orateur en continuant, nous sommes à ta poursuite depuis une semaine environ. Ma parole d'honneur, nous te regrettions.

En ce moment, Raphaël passait avec ses amis sur le pont des Arts, d'où, sans les écouter, il regardait la Seine dont les eaux mugissantes répétaient les lumières de Paris. Au-dessus de ce fleuve, dans lequel il voulait se précipiter naguère, les prédictions du vieillard étaient accomplies, l'heure de sa mort se trouvait déjà fatalement retardée.

– Et nous te regrettions vraiment ! dit son ami. Il s'agit d'une combinaison dans laquelle nous te comprenions en ta qualité d'homme supérieur, c'est-à-dire d'homme qui sait se mettre au-dessus de tout. Le pouvoir s'est transporté, comme tu sais, des Tuileries chez les journalistes.

« Mais voici ce que tu ne sais peut-être pas ! Le gouvernement a senti la nécessité de mystifier le bon peuple de France avec des mots nouveaux et de vieilles idées. En un mot, un journal armé de deux ou trois cent bons mille francs vient d'être fondé dans le but de faire une opposition qui contente les mécontents, sans nuire au gouvernement national du roi-citoyen[1].

« Nous te destinions les rênes de cet empire macaronique et burlesque, ainsi nous t'emmenons de ce pas au dîner donné par le fondateur dudit journal, un banquier retiré qui, ne sachant que faire de son or, veut le changer en esprit.

« Tu y seras accueilli comme un frère, nous t'y saluerons roi de ces esprits frondeurs que rien n'épou-

1. L'action se déroule en 1830, après les Trois Glorieuses, pendant la monarchie de Juillet. Louis-Philippe Ier n'est pas sacré roi de France mais se veut roi des Français, « roi-citoyen ».

vante. Taillefer, notre amphitryon, est assez riche pour mettre de la grandeur dans les petitesses, de l'élégance et de la grâce dans le vice. Entends-tu, Raphaël ?

– Oui, répondit le jeune homme, moins étonné de l'accomplissement de ses souhaits que surpris de la matière naturelle par laquelle les événements s'enchaînaient.

– Mais tu nous dis oui, comme si tu pensais à la mort de ton grand-père, lui répliqua l'un de ses voisins.

– Ah ! reprit Raphaël avec un accent de naïveté qui fit rire ces écrivains, je pensais, mes amis, que nous voilà près de devenir de bien grands coquins !

– Émile, dit avec feu le voisin de Raphaël, foi d'homme, sans la révolution de Juillet, je me faisais prêtre pour aller mener une vie animale au fond de quelque campagne, et...

– Et tu aurais lu le bréviaire tous les jours ?

– Nous lisons bien les journaux.

– Pas mal ! pour un journaliste. Le journalisme, vois-tu, c'est la religion des sociétés modernes, et il y a progrès.

– Comment ?

– Les pontifes ne sont pas tenus de croire, ni le peuple non plus...

En devisant ainsi, ils arrivèrent à un hôtel de la rue Joubert.

XI

Émile était un journaliste qui avait conquis plus de gloire à ne rien faire que les autres n'en recueillent de leurs succès. Critique hardi, plein de verve et de mordant, il possédait toutes les qualités que comportaient ses défauts. Franc et rieur, il disait en face mille épigrammes à un ami, qu'absent, il défendait avec courage et loyauté. Il se moquait de tout, même de son avenir.

– Là-haut nous allons boire et rire encore une fois, mon pauvre Raphaël. Ah çà ! reprit-il, j'espère que nous serons les vainqueurs et que nous marcherons sur toutes ces têtes-là.

Puis, d'un geste moqueur, il montra les convives en entrant dans un salon qui resplendissait de dorures, de lumières, et où ils furent aussitôt accueillis par les jeunes gens les plus remarquables de Paris.

L'un venait de révéler un talent neuf, et de rivaliser par son premier tableau avec les gloires de la peinture impériale.

L'autre avait hasardé la veille un livre plein de verdeur, empreint d'une sorte de dédain littéraire, et qui découvrait à l'école moderne de nouvelles routes.

Plus loin, un statuaire dont la figure pleine de rudesse accusait quelque vigoureux génie, causait avec un de ces froids railleurs qui, selon l'occurrence, tantôt ne veulent voir de supériorité nulle part, et tantôt en reconnaissent partout.

De jeunes auteurs sans style étaient auprès de jeunes auteurs sans idées, des prosateurs pleins de poésie près de poètes prosaïques.

L'amphitryon avait la gaieté soucieuse d'un homme qui dépense deux mille écus. De temps en temps ses yeux se dirigeaient avec impatience vers la porte du salon, en appelant celui des convives qui se faisait attendre. Bientôt apparut un gros petit homme qui fut accueilli par une flatteuse rumeur, c'était le notaire qui, le matin même, avait achevé de créer le journal.

Un valet de chambre vêtu de noir vint ouvrir les portes d'une vaste salle à manger, où chacun alla sans cérémonie reconnaître sa place autour d'une table immense.

Avant de quitter les salons, Raphaël y jeta un dernier coup d'œil. Son souhait était certes bien complètement réalisé. La soie et l'or tapissaient les appartements. De riches candélabres supportant d'innombrables bougies faisaient briller les plus légers détails des frises dorées, les délicates ciselures du bronze et les somptueuses couleurs de l'ameublement. Les fleurs rares de quelques jardinières artistement construites avec des bambous répandaient de doux parfums.

– Cent mille livres de rente nous aident merveilleusement à mettre la *morale en actions*! dit-il en soupirant. Ah! je veux vivre au sein de ce luxe un an, six mois, n'importe! Et puis après mourir. J'aurai du moins épuisé, connu, dévoré mille existences.

– Oh ! lui dit Émile qui l'écoutait, tu serais bientôt ennuyé de la fortune en t'apercevant qu'elle te ravirait la chance d'être un homme supérieur. Entre les pauvretés de la richesse et les richesses de la pauvreté, l'artiste a-t-il jamais balancé ? Ne nous faut-il pas toujours des luttes, à nous autres ? S'il faut croire les envieux, cet homme aurait tué, pendant la révolution, un Allemand et quelques autres personnes qui seraient, dit-on, son meilleur ami et la mère de cet ami. Peux-tu donner place à des crimes sous les cheveux grisonnants de ce vénérable Taillefer ? Il a l'air d'un bien bon homme. J'ai envie de demander à notre capitaliste s'il est honnête homme.

– Non pas maintenant ! s'écria Raphaël, mais quand il sera ivre-mort, nous aurons dîné.

Les deux amis s'assirent en riant.

XII

D'abord et par un regard plus rapide que la parole, chaque convive paya son tribut d'admiration au somptueux coup d'œil qu'offrait une longue table, blanche comme une couche de neige fraîchement tombée, et sur laquelle s'élevaient symétriquement les couverts couronnés de petits pains blonds. Les cristaux répétaient les couleurs de l'iris dans leurs reflets étoilés, les bougies traçaient des feux croisés à l'infini, les mets placés sous des dômes d'argent aiguisaient l'appétit et la curiosité. Les paroles furent assez rares. Les voisins se regardèrent. Le vin de Madère circula.

Puis le premier service apparut dans toute sa gloire. Les vins de Bordeaux et de Bourgogne, blancs et rouges, furent servis avec une profusion royale. Cette première partie du festin était comparable, en tout point, à l'exposition d'une tragédie classique.

Le second acte devint quelque peu bavard. Chaque convive avait bu raisonnablement en changeant de crus suivant ses caprices, en sorte qu'au moment où l'on emporta les restes de ce magnifique service, de tempétueuses discussions s'étaient établies; quelques fronts pâles rougissaient, plusieurs nez commençaient à s'empourprer, les visages s'allumaient, les yeux pétillaient. Pendant cette aurore de l'ivresse, le discours ne sortit pas encore des bornes de la civilité; mais les railleries, les bons mots s'échappèrent peu à peu de toutes les bouches; puis la calomnie élevait tout doucement sa petite tête de serpent et parlait d'une voix flûtée.

Le second service trouva donc les esprits tout à fait échauffés. Chacun mangea en parlant, parla en mangeant, but sans prendre garde à l'affluence des liquides, tant ils étaient lampants et parfumés, tant l'exemple fut contagieux. Taillefer se piqua d'animer ses convives, et fit avancer les terribles vins du Rhône, le chaud Tokay, le vieux Roussillon capiteux. Déchaînés comme les chevaux d'une malle-poste qui part d'un relais, ces hommes fouettés par les flammèches du vin de Champagne impatiemment attendu, mais abondamment versé, laissèrent alors galoper leur esprit dans le vide de ces raisonnements que personne n'écoute, se mirent à raconter ces histoires qui n'ont pas d'auditeur, recommencèrent cent fois ces interpellations qui restent sans réponse. L'orgie seule déploya sa grande voix, sa voix composée de cent clameurs confuses qui grossissent comme les *crescendo* de Rossini. Puis arrivèrent les toasts insidieux, les forfanteries, les défis. Tous renonçaient à se glorifier de leur capacité intellectuelle pour revendiquer celle des tonneaux, des foudres, des cuves.

Entre les tristes plaisanteries dites par ces enfants de la Révolution à la naissance d'un journal, et les propos tenus par de joyeux buveurs à la naissance de Gargantua, se trouvait tout l'abîme qui sépare le XIXe siècle du XVIe. Celui-ci apprêtait une destruction en riant, le nôtre riait au milieu des ruines.

– Comment appelez-vous le jeune homme que je vois là-bas? dit le notaire en montrant Raphaël. J'ai cru l'entendre nommer Valentin.

– Que chantez-vous avec votre Valentin tout court? s'écria Émile en riant. Raphaël de Valentin, s'il vous plaît! Nous ne sommes pas un enfant trouvé, mais le descendant de l'empereur *Valens*, souche des *Valentinois*, fondateur des villes de Valence en Espagne et en France, héritier légitime de l'empire d'Orient. Si nous laissons trôner Mahmoud à Constantinople, c'est par pure bonne volonté, et faute d'argent ou de soldats.

Émile décrivit en l'air, avec sa fourchette, une couronne au-dessus de la tête de Raphaël. Cardot le notaire se recueillit pendant un moment et se remit bientôt à boire en laissant échapper un geste authentique, par lequel il semblait avouer qu'il lui était impossible de rattacher à sa clientèle les villes de Valence, de Constantinople, Mahmoud, l'empereur Valens et la famille des Valentinois.

Le dessert se trouva servi comme par enchantement. La table fut couverte d'un vaste surtout en bronze doré. De hautes figures, douées par un célèbre artiste des formes convenues en Europe pour la beauté idéale, soutenaient et portaient des buissons de fraises, des ananas, des dattes fraîches, des raisins jaunes, de blondes pêches, des oranges arrivées de Sétúbal par un paquebot, des grenades, des fruits de la Chine, enfin toutes les surprises du luxe, les miracles du petit-four, les délicatesses les plus friandes, les friandises les plus séductrices. Les couleurs de ces tableaux gastronomiques étaient rehaussées par l'éclat de la porcelaine, par des lignes étincelantes d'or, par les découpures des vases.

L'argent, la nacre, l'or, les cristaux furent de nouveau prodigués sous de nouvelles formes ; mais les yeux engourdis et la verbeuse fièvre de l'ivresse permirent à peine aux convives d'avoir une intuition vague de cette féerie digne d'un conte oriental.

Les vins de dessert apportèrent leurs parfums et leurs flammes, philtres puissants, vapeurs enchanteresses qui engendrent une espèce de mirage intellectuel et dont les liens puissants enchaînent les pieds, alourdissent les mains.

Les pyramides de fruits furent pillées, les voix grossirent, le tumulte grandit. Il n'y eut plus alors de paroles distinctes, les verres volèrent en éclats, et des rires atroces partirent comme des fusées.

Les hommes fins disaient leurs secrets à des curieux qui n'écoutaient pas. Les mélancoliques souriaient comme des danseuses qui achèvent leurs pirouettes. Des amis intimes se battaient. Les ressemblances animales inscrites sur les figures humaines, et si curieusement démontrées par les physiologistes, reparaissaient vaguement dans les gestes, dans les habitudes du corps.

Le maître du logis, se sentant ivre, n'osait se lever, mais il approuvait les extravagances de ses convives par une grimace fixe, en tâchant de conserver un air décent et hospitalier.

– Les avez-vous assassinés ? lui demanda Émile.

– La confiscation et la peine de mort sont abolies depuis la révolution de Juillet, répondit Taillefer qui haussa les sourcils d'un air tout à la fois plein de finesse et de bêtise.

– Mais ne les voyez-vous pas quelquefois en songe ? reprit Raphaël.

– Il y a prescription ! dit le meurtrier plein d'or.

– Et sur sa tombe, s'écria Émile d'un ton sardonique, l'entrepreneur du cimetière gravera : *Passants, accordez une larme à sa mémoire* ! Oh ! reprit-il, je donnerais bien cent sous au mathématicien qui me démontrerait par une équation algébrique l'existence de l'enfer. (Il jeta une pièce en l'air en criant :) Face pour Dieu !

– Ne regarde pas, dit Raphaël en saisissant la pièce, que sait-on ? le hasard est si plaisant.

Et ils vidèrent leurs calices de science, de gaz carbonique, de parfums, de poésie et d'incrédulité.

XIII

– Si ces messieurs veulent passer dans le salon, le café les y attend, dit le maître d'hôtel.

En entendant la voix sonore du valet qui leur annonçait des joies nouvelles, les convives se levèrent, entraînés, soutenus ou portés les uns par les autres.

La troupe entière resta pendant un moment immobile et charmée sur le seuil de la porte. Les jouissances excessives du festin pâlirent devant le chatouillant spectacle que l'amphitryon offrait au plus voluptueux de leurs sens.

Sous les étincelantes bougies d'un lustre d'or, autour d'une table chargée de vermeil, un groupe de femmes se présenta soudain aux convives hébétés dont les yeux s'allumèrent comme autant de diamants.

Riches étaient les parures, mais plus riches encore étaient ces beautés éblouissantes devant lesquelles disparaissaient toutes les merveilles de ce palais. Les yeux passionnés de ces filles, prestigieuses comme des fées, avaient encore plus de vivacité que les torrents de lumière qui faisaient resplendir les reflets satinés des tentures, la blancheur des marbres et les saillies délicates des bronzes. Le cœur brûlait à voir les contrastes de leurs coiffures agitées et de leurs attitudes, toutes diverses d'attraits et de caractère. C'était une haie de fleurs mêlées de rubis, de saphirs et de corail; une ceinture de colliers noirs sur des cous de neige, des écharpes légères flottant comme les flammes d'un phare, des turbans orgueilleux, des tuniques modestement provocantes. Ce sérail offrait des séductions pour tous les yeux, des voluptés pour tous les caprices.

Posée à ravir, une danseuse semblait être sans voile sous les plis onduleux du cachemire. Là une gaze diaphane, ici la soie chatoyante, cachaient ou révélaient des perfections mystérieuses. De petits pieds étroits parlaient d'amour, des bouches fraîches et rouges se taisaient.

Chacune d'elles avait sans doute un drame sanglant à raconter. Presque toutes apportaient d'infernales tortures, et traînaient après elles des hommes sans foi, des promesses trahies, des joies rançonnées par la misère.

Les convives s'approchèrent d'elles avec politesse, et des conversations aussi diverses que les caractères s'établirent. Des groupes se formèrent. Vous eussiez dit d'un salon de bonne compagnie où les jeunes filles et les femmes vont offrant aux convives, après le dîner, les secours que le café, les liqueurs et le sucre prêtent aux gourmands embarrassés dans les travaux d'une digestion récalcitrante. Mais bientôt quelques rires éclatèrent, le murmure augmenta, les voix s'élevèrent. L'orgie, domptée pendant un moment, menaça par intervalles de se réveiller. Ces alternatives de silence et de bruit eurent une vague ressemblance avec une symphonie de Beethoven.

Assis sur un moelleux divan, les deux amis virent d'abord arriver près d'eux une grande fille bien proportionnée, superbe en son maintien. Sa chevelure noire, lascivement bouclée, semblait avoir déjà subi les combats de l'amour, et retombait en flocons légers sur ses larges épaules qui offraient des perspectives attrayantes à voir. La peau, d'un blanc mat, faisait ressortir les tons chauds et animés de ses vives couleurs. L'œil, armé de longs cils, lançait des flammes hardies, étincelles d'amour ! La bouche, rouge, humide, entrouverte, appelait le baiser.

Quoique cette fille dût savoir rire et folâtrer, ses yeux et son sourire effrayaient la pensée. Semblable à ces prophétesses agitées par un démon, elle étonnait plutôt qu'elle ne plaisait. C'était une statue colossale tombée du haut de quelque temple grec, sublime à distance, mais grossière à voir de près. Néanmoins, sa foudroyante beauté devait réveiller les impuissants, sa voix charmer les sourds, ses regards ranimer de vieux ossements.

Vêtue d'une robe en velours rouge, elle foulait d'un pied insouciant quelques fleurs déjà tombées de la tête de ses compagnes, et d'une main dédaigneuse tendait aux deux amis un plateau d'argent.

– Comment te nommes-tu ? lui dit Raphaël.

– Aquilina.

– Oh ! oh ! tu viens de *Venise sauvée*[1] ! s'écria Émile.

– Oui, répondit-elle. De même que les papes se donnent de nouveaux noms en montant au-dessus des hommes, j'en ai pris un autre en m'élevant au-dessus de toutes les femmes.

1. Pièce du dramaturge anglais Thomas Otway (1652-1685) à laquelle Balzac emprunte le nom du personnage de cette courtisane.

– As-tu donc, comme ta patronne, un noble et terrible conspirateur qui t'aime et sache mourir pour toi? dit vivement Émile, réveillé par cette apparence de poésie.

– Je l'ai eu, répondit-elle. Mais la guillotine a été ma rivale.

– Oh! Tais-toi donc, Aquilina! Les femmes n'ont-elles pas toutes un amant à pleurer? mais toutes n'ont pas, comme toi, le bonheur de l'avoir perdu sur un échafaud. Ah! j'aimerais bien mieux savoir le mien couché dans une fosse que dans le lit d'une rivale.

Ces phrases furent prononcées d'une voix douce et mélodieuse par la plus innocente, la plus jolie et la plus gentille petite créature.

Elle était arrivée à pas muets, et montrait une figure délicate, une taille grêle, des yeux bleus ravissants de modestie, des tempes fraîches et pures.

Trompés d'abord par les célestes promesses écrites dans les suaves attraits de cette jeune fille, Émile et Raphaël acceptèrent le café qu'elle leur versa dans les tasses présentées par Aquilina, et se mirent à la questionner.

Elle acheva de transfigurer aux yeux des deux poètes, par une sinistre allégorie, je ne sais quelle face de la vie humaine, en opposant à l'expression rude et passionnée de son imposante compagne le portrait de cette corruption froide, voluptueusement cruelle, assez étourdie pour commettre un crime, assez forte pour en rire; espèce de démon sans cœur, qui punit les âmes riches et tendres de ressentir les émotions dont il est privé, qui trouve toujours une grimace d'amour à vendre, des larmes pour le convoi de sa victime, et de la joie le soir pour en lire le testament.

Un poète eût admiré la belle Aquilina; le monde entier devait fuir la touchante Euphrasie: l'une était l'âme du vice, l'autre le vice sans âme.

– Je voudrais bien savoir, dit Émile à cette jolie créature, si parfois tu songes à l'avenir.

– L'avenir! répondit-elle en riant. Pourquoi penserais-je à ce qui n'existe pas encore? Je ne regarde jamais ni en arrière ni en avant de moi. N'est-ce pas déjà trop que de m'occuper d'une journée à la fois? D'ailleurs, l'avenir, nous le connaissons, c'est l'hôpital.

– Qu'a donc l'hôpital de si effrayant? demanda la terrible Aquilina. Quand nous ne sommes ni mères ni épouses, quand la vieillesse nous met des bas noirs aux jambes et des rides au front, flétrit tout ce qu'il y a de femme en nous et sèche la joie dans les regards de nos amis, de quoi pourrions-nous avoir besoin? Vous ne voyez plus alors en nous, de notre parure, que sa fange primitive, qui marche sur deux pattes, froide, sèche, décomposée, et va produisant un bruissement de feuilles mortes.

– *Aquilina mia*, jamais tu n'as eu tant de raison au milieu de tes désespoirs, reprit Euphrasie. Tout ce qui plaît ne va bien qu'à la jeunesse. Vous riez de ce que je dis, s'écria-t-elle en lançant un sourire venimeux aux deux amis; n'ai-je pas raison? J'aime mieux mourir de plaisir que de maladie. Donnez-moi des millions, je les mangerai; je ne voudrais pas garder un centime pour l'année prochaine. Vivre pour plaire et régner, tel est l'arrêt que prononce chaque battement de mon cœur.

– Et les autres ? dit Émile.

– Les autres ? Eh bien ! qu'ils s'arrangent ! J'aime mieux rire de leurs souffrances que d'avoir à pleurer sur les miennes. Je défie un homme de me causer la moindre peine.

– Qu'as-tu donc souffert pour penser ainsi ? demanda Raphaël.

– J'ai été quittée pour un héritage, moi ! dit-elle en prenant une pose qui fit ressortir toutes ses séductions. Et cependant j'avais passé les nuits et les jours à travailler pour nourrir mon amant. Je ne veux plus être la dupe d'aucun sourire, d'aucune promesse, et je prétends faire de mon existence une longue partie de plaisir.

– Mais, s'écria Raphaël, le bonheur ne vient-il donc pas de l'âme ?

– Eh bien ! reprit Aquilina, n'est-ce rien que de se voir admirée, flattée, de triompher de toutes les femmes, même des plus vertueuses, en les écrasant par notre beauté, par notre richesse ?

– Une femme sans vertu n'est-elle pas odieuse ? dit Émile à Raphaël.

Euphrasie leur lança un regard de vipère, et répondit avec un inimitable accent d'ironie :

– La vertu ! nous la laissons aux laides et aux bossues. Que seraient-elles sans cela, les pauvres femmes ?

– Allons, tais-toi, s'écria Émile, ne parle point de ce que tu ne connais pas !

– Ah ! je ne la connais pas ! reprit Euphrasie. Se donner pendant toute la vie à un être détesté, savoir élever des enfants qui vous abandonnent, et leur dire : Merci ! quand ils vous frappent au cœur ; voilà les vertus que vous ordonnez à la femme ; et encore, pour la récompenser de son abnégation, venez-vous lui imposer des souffrances en cherchant à la séduire ; si elle résiste, vous la compromettez. Jolie vie ! Autant rester libres, aimer ceux qui nous plaisent et mourir jeunes.

– Elle n'a pas aimé, dit Aquilina d'un son de voix profond. Elle n'a jamais fait cent lieues pour aller dévorer avec mille délices un regard et un refus.

– Sont-elles heureuses de pouvoir abdiquer ainsi leur raison ! s'écria Raphaël.

– Heureuses ! dit Aquilina souriant de pitié, de terreur, en jetant aux deux amis un horrible regard. Ah ! vous ignorez ce que c'est que d'être condamnée au plaisir avec un mort dans le cœur.

Les flammes bleues du punch coloraient d'une teinte infernale les visages de ceux qui pouvaient boire encore. Des danses folles, animées par une sauvage énergie, excitaient des rires et des cris qui éclataient comme les détonations d'un feu d'artifice. Jonchés de morts et de mourants, le boudoir et un petit salon offraient l'image d'un champ de bataille. L'atmosphère était chaude de vin, de plaisirs et de paroles.

L'ivresse, l'amour, le délire, l'oubli du monde étaient dans les cœurs, sur les visages, écrits sur les tapis, exprimés par le désordre, et jetaient sur tous les regards de légers voiles qui faisaient voir dans l'air des vapeurs enivrantes.

En ce moment le valet de chambre de confiance réussit, non sans peine, à attirer son maître dans l'antichambre, et lui dit à l'oreille :

– Monsieur, tous les voisins sont aux fenêtres et se plaignent du tapage.

– S'ils ont peur du bruit, ne peuvent-ils pas faire mettre de la paille devant leurs portes ? s'écria Taillefer.

XIV

Raphaël laissa tout à coup échapper un éclat de rire si brusquement intempestif, que son ami lui demanda compte d'une joie aussi brutale.

– Tu me comprendrais difficilement, répondit-il. D'abord, il faudrait t'avouer que vous m'avez arrêté sur le quai Voltaire, au moment où j'allais me jeter dans la Seine, et tu voudrais sans doute connaître les motifs de ma mort.

– Si tu n'avais pas les deux pieds sur cette ravissante Aquilina, reprit Émile, qui lui-même s'amusait à rouler et à dérouler les cheveux d'Euphrasie, tu rougirais de ton ivresse et de ton bavardage. Quelle expérience voulais-tu donc faire en te jetant dans la Seine ?

– Ah ! si tu connaissais ma vie.

– Ah ! s'écria Émile, je ne te croyais pas si vulgaire, la phrase est usée. Ne sais-tu pas que nous avons tous la prétention de souffrir beaucoup plus que les autres ?

LA FEMME SANS CŒUR

XV

Après être resté silencieux pendant un moment, Raphaël dit en laissant échapper un geste d'insouciance :

– Je ne sais en vérité s'il ne faut pas attribuer aux fumées du vin et du punch l'espèce de lucidité qui me permet d'embrasser en cet instant toute ma vie comme un même tableau.

– Tu es ennuyeux comme un amendement qui se développe ! s'écria Émile.

– C'est possible, reprit Raphaël sans murmurer. Aussi, pour ne pas abuser de tes oreilles, te ferai-je grâce des dix-sept premières années de ma vie. Jusque-là, j'ai vécu comme toi, comme mille autres, de cette vie de collège ou de lycée, dont maintenant nous nous rappelons tous avec tant de délices les malheurs fictifs et les joies réelles.

– Arrive au drame, dit Émile d'un air moitié comique et moitié plaintif.

– Quand je sortis du collège, reprit Raphaël en réclamant par un geste le droit de continuer, mon père m'astreignit à une discipline sévère, il me logea dans une chambre contiguë à son cabinet ; je me couchais dès neuf heures du soir et me levais à cinq heures du matin ; il voulait que je fisse mon droit en conscience, j'allais en même temps à l'école et chez un avoué.

Jusqu'à vingt et un ans, j'ai été courbé sous un despotisme aussi froid que celui d'une règle monacale. Pour te révéler les tristesses de ma vie, il suffira peut-être de te dépeindre mon père : un grand homme sec et mince, le visage en lame de couteau, le teint pâle, à parole brève, taquin comme une vieille fille, méticuleux comme un chef de bureau. Si je voulais lui manifester un sentiment doux et tendre, il me recevait en enfant qui va dire une sottise, je le redoutais.

Cependant j'aimais mon père, au fond il était juste. Peut-être ne haïssons-nous pas la sévérité quand elle est justifiée par un grand caractère, par des mœurs pures, et qu'elle est adroitement entremêlée de bonté.

Vouloir m'écarter de la route uniforme que mon père m'avait tracée, c'eût été m'exposer à sa colère ; il m'avait menacé de m'embarquer à ma première faute, en qualité de mousse, pour les Antilles. Aussi me prenait-il un horrible frisson quand par hasard j'osais m'aventurer, pendant une heure ou deux, dans quelque partie de plaisir.

Mon imagination me faisait considérer un café comme un lieu de débauche, où les hommes se perdaient d'honneur et engageaient leur fortune ; quant à risquer de l'argent au jeu, il aurait fallu en avoir.

XVI

J'étais fils unique et j'avais perdu ma mère depuis dix ans.

Mon père, chef d'une maison historique à peu près oubliée en Auvergne, vint à Paris pour y lutter avec le diable.

Doué de cette finesse qui rend les hommes du midi de la France si supérieurs quand elle se trouve accompagnée d'énergie, il était parvenu sans grand appui à prendre position au cœur même du pouvoir. La Révolution renversa bientôt sa fortune ; mais il avait su épouser l'héritière d'une grande maison, et s'était vu sous l'Empire au moment de restituer à notre famille son ancienne splendeur.

La Restauration, qui rendit à ma mère des biens considérables, ruina mon père.

Ayant jadis acheté plusieurs terres données par l'Empereur à ses généraux et situées en pays étranger, il se battait depuis dix ans avec des liquidateurs et des diplomates, avec les tribunaux prussiens et bavarois pour se maintenir dans la possession contestée de ces malheureuses dotations[1]. Mon père me jeta dans le labyrinthe inextricable de ce vaste procès d'où dépen-

1. La Restauration tenait pour non avenues les dotations faites par l'Empereur.

dait notre avenir. Nous pouvions être condamnés à restituer les revenus, ainsi que le prix de certaines coupes de bois faites de 1814 à 1816 ; dans ce cas, le bien de ma mère suffisait à peine pour sauver l'honneur de notre nom. Je dus combattre comme sur un champ de bataille, travailler nuit et jour, aller voir des hommes d'État, tenter de les intéresser à notre affaire, les séduire, eux, leurs femmes, leurs valets, leurs chiens, et déguiser cet horrible métier sous des formes élégantes, sous d'agréables plaisanteries.

Je compris tous les chagrins dont l'empreinte flétrissait la figure de mon père.

Pendant une année environ, je menai donc en apparence la vie d'un homme du monde ; mais cette dissipation et mon empressement à me lier avec des parents en faveur ou avec des gens qui pouvaient nous être utiles, cachaient d'immenses travaux. Mes divertissements étaient encore des plaidoiries, et mes conversations des mémoires.

Jusque-là, j'avais été vertueux par l'impossibilité de me livrer à mes passions de jeune homme ; mais craignant alors de causer la ruine de mon père ou la mienne par une négligence, je devins mon propre despote, et n'osai me permettre ni un plaisir ni une dépense. Je voulus justifier la confiance de mon père ; naguère, je lui aurais dérobé délicieusement une chétive somme ; mais portant avec lui le fardeau de ses affaires, de son nom, de sa maison, je lui eusse donné secrètement mes biens, mes espérances, comme je lui sacrifiais mes plaisirs, heureux même de mon sacrifice ! Aussi, quand M. de Villèle exhuma, tout exprès pour nous, un décret impérial sur les déchéances, et nous eut ruinés, signai-je la vente de mes propriétés, n'en gardant qu'une île sans valeur, située au milieu de la Loire, et où se trouvait le tombeau de ma mère.

Les larmes que je vis dans les yeux de mon père furent alors pour moi la plus belle des fortunes, et le souvenir de ces larmes a souvent consolé ma misère.

Dix mois après avoir payé ses créanciers, mon père mourut de chagrin, il m'adorait et m'avait ruiné ; cette idée le tua.

En 1826, à l'âge de vingt-deux ans, vers la fin de l'automne, je suivis tout seul le convoi de mon premier ami, de mon père. Peu de jeunes gens se sont trouvés, seuls avec leurs pensées, derrière un corbillard, perdus dans Paris, sans avenir, sans fortune. Trois mois après, un commissaire-priseur me remit onze cent douze francs, produit net et liquide de la succession paternelle.

Des créanciers m'avaient obligé à vendre notre mobilier.

Mon avenir gisait dans un sac de toile qui contenait onze cent douze francs, la Société m'apparaissait en la personne d'un huissier-priseur qui me parlait le chapeau sur la tête.

Un valet de chambre qui me chérissait, et à qui ma mère avait jadis constitué quatre cents francs de rente viagère, Jonathas me dit en quittant la maison d'où j'étais si souvent sorti joyeusement en voiture pendant mon enfance : « Soyez bien économe, monsieur Raphaël ! »

Il pleurait, le bon homme.

XVII

– Tels sont, mon cher Émile, les événements qui maîtrisèrent ma destinée, modifièrent mon âme, et me placèrent jeune encore dans la plus fausse de toutes les situations sociales, dit Raphaël après avoir fait une pause.

Je n'avais ni parents ni protecteurs. Sans cesse arrêtée dans ses expansions, mon âme s'était repliée sur elle-même. Plein de franchise et de naturel, je devais paraître froid, dissimulé ; le despotisme de mon père m'avait ôté toute confiance en moi ; j'étais timide et gauche, je me déplaisais, je me trouvais laid. J'étais la proie d'une excessive ambition, je me croyais destiné à de grandes choses, et je me sentais dans le néant.

J'avais besoin des hommes, et je me trouvais sans amis. Je devais me frayer une route dans le monde, et j'y restais seul, moins craintif que honteux.

Comme tous les grands enfants, j'aspirai secrètement à de belles amours. Je te le déclare, en mon âme et conscience, la conquête du pouvoir ou d'une grande renommée littéraire me paraissait un triomphe moins difficile à obtenir qu'un succès auprès d'une femme de haut rang, jeune, spirituelle et gracieuse. En certains moments, j'aurais donné ma vie pour une seule nuit.

Eh bien, n'ayant jamais trouvé de cœur pour mon cœur, j'ai vécu dans tous les tourments d'une impuissante énergie qui se dévorait elle-même, soit faute de hardiesse ou d'occasions, soit inexpérience. Peut-être ai-je désespéré de me faire comprendre, ou tremblé d'être trop compris.

Oh! se sentir né pour aimer, pour rendre une femme bien heureuse, et n'avoir trouvé personne, pas même une courageuse et noble Marceline ou quelque vieille marquise! Porter des trésors dans une besace et ne pouvoir rencontrer une enfant, quelque jeune fille curieuse pour les lui faire admirer. J'ai souvent voulu me tuer de désespoir.

– Joliment tragique ce soir! s'écria Émile.

– Eh! laisse-moi condamner ma vie, répondit Raphaël. Si ton amitié n'a pas la force d'écouter mes élégies, si tu ne peux me faire crédit d'une demiheure d'ennui, dors! Mais ne me demande plus alors compte de mon suicide qui gronde, qui se dresse, qui m'appelle et que je salue. Pour juger un homme, au moins faut-il être dans le secret de sa pensée, de ses malheurs, de ses émotions; ne vouloir connaître de sa vie que les événements matériels, c'est faire de la chronologie, l'histoire des sots!

Le ton amer avec lequel ces paroles furent prononcées frappa si vivement Émile que, dès ce moment, il prêta toute son attention à Raphaël en le regardant d'un air hébété.

– Mais, reprit le narrateur, maintenant la lueur qui colore ces accidents leur prête un nouvel aspect. L'abandon auquel j'étais condamné, l'habitude de refouler mes sentiments et de vivre dans mon cœur ne m'ont-ils pas investi du pouvoir de comparer, de méditer ?

Méconnu par les femmes, je me souviens de les avoir observées avec la sagacité de l'amour dédaigné. Maintenant, je le vois, la sincérité de mon caractère a dû déplaire ! Peut-être les femmes veulent-elles un peu d'hypocrisie ? Idiot quand je me taisais, je les effarouchais peut-être quand j'essayais de leur plaire, et les femmes m'ont condamné. J'ai accepté, dans les larmes et le chagrin, l'arrêt porté par le monde.

Cette peine a produit son fruit. Je voulus me venger de la société, je voulus posséder l'âme de toutes les femmes en me soumettant les intelligences, et voir tous les regards fixés sur moi quand mon nom serait prononcé par un valet à la porte d'un salon. Je m'instituai grand homme. Je croyais sentir en moi une pensée à exprimer, un système à établir, une science à expliquer.

Ô mon cher Émile ! aujourd'hui que j'ai vingt-six ans à peine, que je suis sûr de mourir inconnu, sans avoir jamais été l'amant de la femme que j'ai rêvé de posséder, laisse-moi te conter mes folies. N'avons-nous pas tous, plus ou moins, pris nos désirs pour des réalités ?

Moi ! j'ai souvent été général, empereur, puis rien. Après avoir joué sur le faîte des choses humaines, je m'apercevais que toutes les montagnes, toutes les difficultés restaient à gravir.

Je voulus me couvrir de gloire et travailler dans le silence pour la maîtresse que j'espérais avoir un jour.

Toutes les femmes se résumaient par une seule, et cette femme je croyais la rencontrer dans la première qui s'offrait à mes regards.

Ah! pour celle qui m'eût plaint, j'avais dans le cœur tant de reconnaissance outre l'amour, que je l'eusse adorée pendant toute sa vie.

Plus tard, mes observations m'ont appris de cruelles vérités. Ainsi, mon cher Émile, je risquais de vivre éternellement seul. Les femmes sont habituées, par je ne sais quelle pente de leur esprit, à ne voir dans un homme de talent que ses défauts, et dans un sot que ses qualités. Toutes elles veulent trouver dans leurs amants des motifs de satisfaire leur vanité. C'est elles encore qu'elles aiment en nous!

Nourrissant des idées si contraires aux idées reçues, ayant la prétention d'escalader le ciel sans échelle, la résolution que je pris était naturelle, quoique folle. Voici mon plan.

XVIII

Mes onze cents francs devaient suffire à ma vie pendant trois ans, et je m'accordais ce temps pour mettre au jour un ouvrage qui pût attirer l'attention publique sur moi, me faire une fortune ou un nom.

Je me réjouissais en pensant que j'allais vivre de pain et de lait, plongé dans le monde des livres et des idées, dans une sphère inaccessible au milieu de ce Paris si tumultueux. J'allais risquer de mourir pour vivre.

En réduisant l'existence à ses vrais besoins, au strict nécessaire, je trouvais que trois cent soixante-cinq francs par an devaient suffire à ma pauvreté. En effet, cette maigre somme a satisfait à ma vie, tant que j'ai voulu subir ma propre discipline claustrale...

– C'est impossible ! s'écria Émile.

– J'ai vécu près de trois ans ainsi, répondit Raphaël avec une sorte de fierté.

Comptons ? reprit-il. Trois sous de pain, deux sous de lait, trois sous de charcuterie m'empêchaient de mourir de faim et tenaient mon esprit dans un état de lucidité singulière.

Mon logement me coûtait trois sous par jour, je brûlais pour trois sous d'huile par nuit, je faisais moi-même ma chambre, je portais des chemises de flanelle pour ne dépenser que deux sous de blanchissage par jour. Je me chauffais avec du charbon de terre, dont le prix divisé par les jours de l'année n'a jamais donné plus de deux sous pour chacun. J'avais des habits, du linge, des chaussures pour trois années, je ne voulais m'habiller que pour aller à certains cours publics et aux bibliothèques.

Ces dépenses réunies ne faisaient que dix-huit sous, il me restait deux sous pour les choses imprévues. Oh ! je portais ma pauvreté fièrement. Un homme qui pressent un bel avenir marche dans sa vie de misère comme un innocent conduit au supplice, il n'a point honte.

Je n'avais pas voulu prévoir la maladie. Je n'ai pas douté un moment de ma bonne santé.

XIX

Quand je fus bien résolu à suivre mon nouveau plan de vie, je cherchai mon logis dans les quartiers les plus déserts de Paris.

Un soir, à l'angle de la rue de Cluny, je vis une petite fille d'environ quatorze ans qui jouait au volant avec une de ses camarades, et dont les rires et les espiègleries amusaient les voisins. Il faisait beau, la soirée était chaude, le mois de septembre durait encore. Devant chaque porte, des femmes assises devisaient comme dans une ville de province par un jour de fête. J'observai d'abord la jeune fille, dont la physionomie était d'une admirable expression, et le corps tout posé pour un peintre. C'était une scène ravissante. Je cherchai la cause de cette bonhomie au milieu de Paris, je remarquai que la rue n'aboutissait à rien, et ne devait pas être très passante. En me rappelant le séjour de Jean-Jacques Rousseau dans ce lieu[1], je trouvai l'hôtel Saint-Quentin, le délabrement dans lequel il était me fit espérer d'y rencontrer un gîte peu coûteux, et je voulus le visiter.

La maîtresse de l'hôtel, femme de quarante ans environ, dont les traits exprimaient des malheurs, dont

1. Rousseau a, en effet, séjourné à deux reprises dans ce modeste garni, à l'automne 1741 et au cours de l'année 1745.

le regard était comme terni par des pleurs, se leva, vint à moi; je lui soumis humblement le tarif de mon loyer; mais, sans en paraître étonnée, elle chercha une clé parmi toutes les autres, et me conduisit dans les mansardes où elle me montra une chambre qui avait vue sur les toits, sur les cours des maisons voisines, par les fenêtres desquelles passaient de longues perches chargées de linge.

Rien n'était plus horrible que cette mansarde aux murs jaunes et sales, qui sentait la misère et appelait son savant. La toiture s'y abaissait régulièrement et les tuiles disjointes laissaient voir le ciel. Il y avait place pour un lit, une table, quelques chaises, et sous l'angle aigu du toit je pouvais loger mon piano. Je fus bientôt d'accord avec mon hôtesse, et m'installai le lendemain chez elle.

Je vécus dans ce sépulcre aérien pendant près de trois ans, travaillant nuit et jour sans relâche, avec tant de plaisir que l'étude me semblait être le plus beau thème, la plus heureuse solution de la vie humaine.

J'avais entrepris deux grandes œuvres. Une comédie devait en peu de jours me donner une renommée, une fortune, et l'entrée de ce monde, où je voulais reparaître en y exerçant les droits régaliens de l'homme de génie.

Vous avez tous vu dans ce chef-d'œuvre la première erreur d'un jeune homme qui sort du collège, une véritable niaiserie d'enfant. Vos plaisanteries ont coupé les ailes à de fécondes illusions qui depuis ne se sont plus réveillées. Toi seul, mon cher Émile, as calmé la plaie profonde que d'autres firent à mon cœur ! Toi seul admiras ma *Théorie de la volonté*, ce long ouvrage pour lequel j'avais appris les langues orientales, l'anatomie, la physiologie, auquel j'avais consacré la plus grande partie de mon temps. Cette œuvre, si je ne me trompe, complétera les travaux de Mesmer, de Lavater, de Gall, de Bichat, en ouvrant une nouvelle route à la science humaine.

Là s'arrête ma belle vie, ce sacrifice de tous les jours, ce travail de ver à soie inconnu au monde et dont la seule récompense est peut-être dans le travail même.

Depuis l'âge de raison jusqu'au jour où j'eus terminé ma théorie, j'ai observé, appris, écrit, lu sans relâche, et ma vie fut comme un long pensum.

Gourmand, j'ai été sobre ; aimant et la marche et les voyages maritimes, je suis resté constamment assis, une plume à la main ; bavard, j'allais écouter en silence les professeurs aux cours publics de la Bibliothèque et du Muséum ; j'ai dormi sur mon grabat solitaire comme un religieux de l'ordre de Saint-Benoît, et la femme était cependant ma seule chimère, une chimère que je caressais et qui me fuyait toujours !

Enfin ma vie a été une cruelle antithèse, un perpétuel mensonge.

XX

Pendant les dix premiers mois de ma réclusion, je menai la vie pauvre et solitaire que je t'ai dépeinte.

Mais après ce temps, pendant lequel l'hôtesse et sa fille espionnèrent mes mœurs et mes habitudes, examinèrent ma personne et comprirent ma misère, peut-être parce qu'elles étaient elles-mêmes fort malheureuses, il s'établit d'inévitables liens entre elles et moi.

Pauline, cette charmante créature dont les grâces naïves et secrètes m'avaient en quelque sorte amené là, me rendit plusieurs services qu'il me fut impossible de refuser. Toutes les infortunes sont sœurs, elles ont le même langage, la même générosité, la générosité de ceux qui ne possédant rien sont prodigues de sentiment, paient de leur temps et de leur personne.

Insensiblement Pauline voulut me servir et sa mère ne s'y opposa point. Je vis la mère elle-même raccommodant mon linge et rougissant d'être surprise à cette charitable occupation. Devenu malgré moi leur protégé, j'acceptai leurs services.

Pour comprendre cette singulière affection, il faut connaître l'emportement du travail, la tyrannie des idées et cette répugnance instinctive qu'éprouve pour les détails de la vie matérielle l'homme qui vit par la pensée.

Pouvais-je résister à la délicate attention avec laquelle Pauline m'apportait à pas muets mon repas frugal, quand elle s'apercevait que, depuis sept ou huit heures, je n'avais rien pris ?

Un soir, Pauline me raconta son histoire avec une touchante ingénuité. Son père était chef d'escadron dans les grenadiers à cheval de la garde impériale. Au passage de la Bérézina, il avait été fait prisonnier par les Cosaques ; plus tard, quand Napoléon proposa de l'échanger, les autorités russes le firent vainement chercher en Sibérie ; au dire des autres prisonniers, il s'était échappé avec le projet d'aller aux Indes.

Depuis ce temps, Mme Gaudin, mon hôtesse, n'avait pu obtenir aucune nouvelle de son mari, les désastres de 1814 et 1815[1] étaient arrivés, seule, sans ressources et sans secours, elle avait pris le parti de tenir un hôtel garni pour faire vivre sa fille. Elle espérait toujours revoir son mari.

Son plus cruel chagrin était de laisser Pauline sans éducation.

Pour reconnaître les soins que me prodiguaient ces deux femmes, j'eus l'idée de m'offrir à finir l'éducation de Pauline. La candeur avec laquelle ces deux femmes acceptèrent ma proposition fut égale à la naïveté qui la dictait. J'eus ainsi des heures de récréation.

La petite avait les plus heureuses dispositions, elle apprit avec tant de facilité qu'elle devint bientôt plus

1. Allusion à la campagne de 1814 et aux Cent-Jours, en 1815, qui se soldèrent par l'occupation de la France par des troupes britanniques, russes, prussiennes et autrichiennes.

forte que je ne l'étais sur le piano. En s'accoutumant à penser tout haut près de moi, elle déployait les mille gentillesses d'un cœur qui s'ouvre à la vie comme le calice d'une fleur lentement dépliée par le soleil, elle m'écoutait avec recueillement et plaisir, elle répétait ses leçons d'un accent doux et caressant en témoignant une joie enfantine quand j'étais content d'elle. Sa mère, chaque jour plus inquiète d'avoir à préserver de tout danger une jeune fille qui développait en croissant toutes les promesses faites par les grâces de son enfance, la vit avec plaisir s'enfermant pendant toute la journée pour étudier. Mon piano étant le seul dont elle pût se servir, elle profitait de mes absences pour s'exercer.

Quand je rentrais, je trouvais Pauline chez moi, dans la toilette la plus modeste ; mais au moindre mouvement, sa taille souple et les attraits de sa personne se révélaient sous l'étoffe grossière. Comme l'héroïne du conte de Peau-d'Âne, elle laissait voir un pied mignon dans d'ignobles souliers.

Mais ces jolis trésors, cette richesse de jeune fille, tout ce luxe de beauté fut comme perdu pour moi. Je m'étais ordonné à moi-même de ne voir qu'une sœur en Pauline, j'aurais eu horreur de tromper la confiance de sa mère, j'admirais cette charmante fille comme un tableau.

Aimer une jeune fille ou se laisser aimer par elle constitue un vrai contrat dont les conditions doivent être bien entendues. Nous sommes maîtres d'abandonner la femme qui se vend, mais non pas la jeune fille qui se donne, car elle ignore l'étendue de son sacrifice. J'aurais donc épousé Pauline, et c'eût été une folie. N'était-ce pas livrer une âme douce et vierge à d'effroyables malheurs ? Mon indigence parlait son langage égoïste, et venait toujours mettre sa main de fer entre cette bonne créature et moi.

Puis, je l'avoue à ma honte, je ne conçois pas l'amour dans la misère. Peut-être est-ce en moi une dépravation due à cette maladie humaine que nous nommons la civilisation ; mais une femme, fût-elle attrayante autant que la belle Hélène, n'a plus aucun pouvoir sur mes sens pour peu qu'elle soit crottée. Ah ! vive l'amour dans la soie, sur le cachemire, entouré des merveilles du luxe qui le parent merveilleusement bien, parce que lui-même est un luxe peut-être.

Je me suis moqué de moi, je me suis raisonné, tout a été vain. Une femme aristocratique et son sourire fin, la distinction de ses manières et son respect d'elle-même m'enchantent ; quand elle met une barrière entre elle et le monde, elle flatte en moi toutes les vanités, qui sont la moitié de l'amour. Enviée par tous, ma félicité me paraît avoir plus de saveur. En France, heureusement pour moi, nous sommes depuis vingt ans sans reine, j'eusse aimé la reine !

Pour avoir les façons d'une princesse, une femme doit être riche. En présence de mes romanesques fantaisies, qu'était Pauline ? Nous ne mourons guère pour de pauvres filles qui se donnent !

J'étais né pour l'amour impossible, et le hasard a voulu que je fusse servi par-delà mes souhaits.

XXI

Jusqu'à l'hiver dernier, ma vie fut la vie tranquille et studieuse de laquelle j'ai tâché de te donner une faible image. Dans les premiers jours du mois de décembre 1829, je rencontrai Rastignac[1] qui, malgré le misérable état de mes vêtements, me donna le bras et s'enquit de ma fortune avec un intérêt vraiment fraternel ; pris à la glu de ses manières, je lui racontai brièvement et ma vie et mes espérances ; il se mit à rire, me traita tout à la fois d'homme de génie et de sot, sa voix gasconne, son expérience du monde, l'opulence qu'il devait à son savoir-faire, agirent sur moi d'une manière irrésistible.

Selon lui, je devais aller dans le monde, habituer les gens à prononcer mon nom et me dépouiller moi-même de l'humble monsieur qui messeyait à un grand homme de son vivant.

– Toi, tu travailles ?... eh bien ! tu ne feras jamais rien. Moi, je suis propre à tout et bon à rien, paresseux comme un homard ?... eh bien ! j'arriverai à tout. Je me répands, je me pousse, l'on me fait place ; je me vante, l'on me croit ; je fais des dettes, on les paie ! La dissipation, mon cher, est un système politique.

1. Ce personnage emblématique de *La Comédie humaine* apparaît pour la première fois dans *Le Père Goriot*. Figure même de l'arrivisme, expert en luttes d'influence, cynique et roué, il est dépeint dans *La Peau de chagrin* en « viveur » désabusé.

« Ton ouvrage est achevé, reprit-il après une pause, tu as un talent immense ! Eh bien ! tu arrives à mon point de départ. Il faut maintenant faire ton succès toi-même, c'est plus sûr. Moi, je veux me mettre de moitié dans ta gloire.

« Pour commencer, dit-il, sois ici demain soir. Je te présenterai dans une maison où va tout Paris, notre Paris à nous, celui des beaux, des gens à millions, des célébrités. Si tu as de l'esprit, mon cher enfant, tu feras toi-même la fortune de ta théorie en comprenant mieux la théorie de la fortune. Demain soir tu verras la belle comtesse Fœdora, la femme à la mode.

« Une femme à marier qui possède près de quatre-vingt mille livres de rente, qui ne veut de personne ou de qui personne ne veut ! Une Parisienne à moitié Russe, une Russe à moitié Parisienne ! Une femme chez laquelle s'éditent toutes les productions romantiques qui ne paraissent pas, la plus belle femme de Paris, la plus gracieuse ! Adieu, à demain !

Il fit une pirouette et disparut sans attendre ma réponse, n'admettant pas qu'un homme raisonnable pût refuser d'être présenté à Fœdora.

Comment expliquer la fascination d'un nom ?

Fœdora me poursuivit comme une mauvaise pensée avec laquelle on cherche à transiger. Une voix me disait : « Tu iras chez Fœdora. »

J'avais beau me débattre avec cette voix et lui crier qu'elle mentait, elle écrasait tous mes raisonnements avec ce nom : FŒDORA.

Mais ce nom, cette femme n'étaient-ils pas le symbole de tous mes désirs et le thème de ma vie ? Le nom réveillait les poésies artificielles du monde, faisait briller les fêtes du haut Paris et les clinquants de la vanité. Ce n'était peut-être ni la femme ni le nom, mais tous mes vices qui se dressaient debout dans mon âme pour me tenter de nouveau.

La comtesse Fœdora, riche et sans amant, résistant à des séductions parisiennes, n'était-ce pas l'incarnation de mes espérances, de mes visions ?

Je possédais heureusement encore un habit noir et un gilet blanc assez honorables.

Mes gants et mon fiacre mangèrent le pain de tout un mois. Hélas ! nous ne manquons jamais d'argent pour nos caprices, nous ne discutons que le prix des choses utiles ou nécessaires.

Rastignac, fidèle au rendez-vous, sourit de ma métamorphose et m'en plaisanta ; mais, tout en allant chez la comtesse, il me donna de charitables conseils sur la manière de me conduire avec elle ; il me la peignit avare, vaine et défiante ; mais avare avec faste, vaine avec simplicité, défiante avec bonhomie.

– Prends garde à tout ce que tu lui diras, elle a une mémoire cruelle. Beaucoup de jeunes fats, le fils d'un pair de France, lui ont offert un nom en échange de sa fortune ; elle les a tous poliment éconduits. Peut-être sa sensibilité ne commence-t-elle qu'au titre de comte ! N'es-tu pas marquis ? marche en avant si elle te plaît ! Voilà ce que j'appelle donner des instructions.

Cette plaisanterie me fit croire que Rastignac voulait rire et piquer ma curiosité, en sorte que ma passion improvisée était arrivée à son paroxysme quand nous nous arrêtâmes devant un péristyle orné de fleurs. En montant un vaste escalier à tapis, où je remarquai toutes les recherches du *comfort* anglais, le cœur me battit ; j'en rougissais, je démentais mon origine, mes sentiments, ma fierté, j'étais sottement bourgeois.

XXII

J'aperçus une femme d'environ vingt-deux ans, de moyenne taille, vêtue de blanc, entourée d'un cercle d'hommes, mollement couchée sur une ottomane, et tenant à la main un écran de plumes.

En voyant entrer Rastignac, elle se leva, vint à nous, sourit avec grâce, me fit d'une voix mélodieuse un compliment sans doute apprêté ; notre ami m'avait annoncé comme un homme de talent, et son adresse, son emphase gasconne me procurèrent un accueil flatteur. Je fus l'objet d'une attention particulière qui me rendit confus ; mais Rastignac avait heureusement parlé de ma modestie. Je rencontrai là des savants, des gens de lettres, d'anciens ministres, des pairs de France.

La conversation reprit son cours quelque temps après mon arrivée, et, sentant que j'avais une réputation à soutenir, je me rassurai ; puis, sans abuser de la parole quand elle m'était accordée, je tâchai de résumer les discussions par des mots plus ou moins incisifs, profonds ou spirituels. Je produisis quelque sensation. Pour la millième fois de sa vie Rastignac fut prophète.

Quand il y eut assez de monde pour que chacun retrouvât sa liberté, mon introducteur me donna le bras.

– N'aie pas l'air d'être trop émerveillé de la princesse, me dit-il, elle devinerait le motif de ta visite.

Elle me fit asseoir près d'elle, me questionna sur mes travaux, et sembla s'y intéresser vivement, surtout quand je lui traduisis mon système en plaisanteries au lieu de prendre le langage d'un professeur pour le lui développer doctoralement.

J'eus l'honneur d'amuser cette femme, elle me quitta en m'invitant à la venir voir.

Soit que je prisse, selon ma louable habitude, des formules polies pour des paroles de cœur, soit que Fœdora vît en moi quelque célébrité prochaine, et voulût augmenter sa ménagerie de savants, je crus lui plaire.

J'évoquai toutes mes connaissances physiologiques et mes études antérieures sur la femme pour examiner minutieusement pendant cette soirée cette singulière personne et ses manières ; caché dans l'embrasure d'une fenêtre, j'espionnai ses pensées en les cherchant dans son maintien, en étudiant ce manège d'une maîtresse de maison qui va et vient, s'assied et cause, appelle un homme, l'interroge, et s'appuie pour l'écouter sur un chambranle de porte ; elle excitait si puissamment le désir que je devins alors très incrédule sur sa vertu.

Si Fœdora méconnaissait aujourd'hui l'amour, elle avait dû jadis être fort passionnée. L'amour était écrit sur les paupières italiennes de cette femme, sur ses belles épaules dignes de la Vénus de Milo, dans ses traits, sur sa lèvre supérieure un peu forte et légèrement ombragée. C'était plus qu'une femme, c'était un roman.

Je sortis ravi, séduit par cette femme, enivré par son luxe, chatouillé dans tout ce que mon cœur avait de noble, de vicieux, de bon, de mauvais. En me sentant si ému, si vivant, si exalté, je crus comprendre l'attrait qui amenait là ces artistes, ces diplomates, ces hommes de pouvoir; sans doute ils venaient chercher près d'elle l'émotion délirante qui faisait vibrer en moi toutes les forces de mon être, fouettait mon sang dans la moindre veine, agaçait le plus petit nerf et tressaillait dans mon cerveau! elle ne s'était donnée à aucun pour les garder tous.

Je revins à pied du faubourg Saint-Honoré, où Fœdora demeure. Le chemin me parut court, et cependant il faisait froid. Entreprendre la conquête de Fœdora dans l'hiver, un rude hiver, quand je n'avais pas trente francs en ma possession! Un jeune homme pauvre peut seul savoir ce qu'une passion coûte en voitures, en gants, en habits, linge, etc. Si l'amour reste un peu trop de temps platonique, il devient ruineux.

Comment pouvais-je lutter, moi, faible, grêle, mis simplement, pâle et hâve comme un artiste en convalescence d'un ouvrage, avec des jeunes gens bien frisés, jolis, pimpants, cravatés, riches, et vêtus d'impertinence?

– Bah! Fœdora ou la mort! criai-je au détour d'un pont. Fœdora, c'est la fortune!

Quand j'arrivai dans ma mansarde nue, froide, j'étais encore environné par les images du luxe de Fœdora. Ce contraste était un mauvais conseiller, les crimes doivent naître ainsi. Je maudis alors, en frissonnant de rage, ma décente et honnête misère, ma mansarde féconde où tant de pensées avaient surgi. Je demandai compte à Dieu, au diable, à l'État social, à mon père, à l'univers entier, de ma destinée, de mon malheur; je me couchai tout affamé, grommelant de risibles imprécations, mais bien résolu de séduire Fœdora.

XXIII

Je te ferai grâce de mes premières visites chez Fœdora, pour arriver promptement au drame.

Tout en tâchant de m'adresser à l'âme de cette femme, j'essayai de gagner son esprit, d'avoir sa vanité pour moi ; afin d'être sûrement aimé, je lui donnai mille raisons de mieux s'aimer elle-même, jamais je ne la laissai dans un état d'indifférence ; les femmes veulent des émotions à tout prix, je les lui prodiguai ; je l'eusse mise en colère plutôt que de la voir insouciante avec moi.

Si d'abord, animé d'une volonté ferme et du désir de me faire aimer, je pris un peu d'ascendant sur elle, bientôt ma passion grandit, je ne fus plus maître de moi, je tombai dans le vrai, je me perdis et devins éperdument amoureux.

Je ne sais pas bien ce que nous appelons, en poésie ou dans la conversation, *amour* ; mais le sentiment qui se développa tout à coup dans ma double nature, je ne l'ai trouvé peint nulle part.

Combien d'heures ne suis-je pas resté plongé dans une extase ineffable, occupé à *la* voir ! Chaque nuance de beauté donnait des fêtes nouvelles à mes yeux, révélait des grâces inconnues à mon cœur. Ce n'était plus une admiration, un désir, mais un charme, une fatalité.

Un jour, après m'avoir promis de venir au spectacle avec moi, tout à coup elle refusa capricieusement de sortir, et me pria de la laisser seule. Désespéré d'une contradiction qui me coûtait une journée de travail, et, le dirai-je? mon dernier écu, je me rendis là où elle aurait dû être, voulant voir la pièce qu'elle avait désiré voir. À peine placé, je reçus un coup électrique dans le cœur. Une voix me dit: «Elle est là!»

Je me retourne, j'aperçois la comtesse au fond de sa loge, cachée dans l'ombre, au rez-de-chaussée. Fœdora me vit et devint sérieuse, je la gênais.

Au premier entracte, j'allai lui faire une visite; elle était seule, je restai. Quoique nous n'eussions jamais parlé d'amour, je pressentis une explication. Je ne lui avais point encore dit mon secret, et cependant il existait entre nous une sorte d'entente: elle me confiait ses projets d'amusement, et me demandait la veille avec une sorte d'inquiétude amicale si je viendrais le lendemain; elle me consultait par un regard quand elle disait un mot spirituel, comme si elle eût voulu me plaire exclusivement; si je boudais, elle devenait caressante; si elle faisait la fâchée, j'avais en quelque sorte le droit de l'interroger; si je me rendais coupable d'une faute, elle se laissait longtemps supplier avant de me pardonner. Ces querelles, auxquelles nous avions pris goût, étaient pleines d'amour. Elle y déployait tant de grâce et de coquetterie, et moi j'y trouvais tant de bonheur!

En ce moment notre intimité fut tout à fait suspendue, et nous restâmes l'un devant l'autre comme deux étrangers. La comtesse était glaciale; moi, j'appréhendais un malheur.

– Vous allez m'accompagner, me dit-elle quand la pièce fut finie.

Le temps avait changé subitement. Lorsque nous sortîmes il tombait une neige mêlée de pluie. La voiture de Fœdora ne put arriver jusqu'à la porte du théâtre. En voyant une femme bien mise obligée de traverser le boulevard, un commissionnaire étendit son parapluie au-dessus de nos têtes, et réclama le prix de son service quand nous fûmes montés. Je n'avais rien, j'eusse alors vendu dix ans de ma vie pour avoir deux sous. Tout ce qui fait l'homme et ses mille vanités furent écrasés en moi par une douleur infernale.

Ces mots: «Je n'ai pas de monnaie, mon cher!» furent dits d'un ton dur qui parut venir de ma passion contrariée, dits par moi, frère de cet homme, moi qui connaissais si bien le malheur!

Le valet repoussa le commissionnaire, et les chevaux fendirent l'air.

En revenant à son hôtel, Fœdora, distraite, ou affectant d'être préoccupée, répondit par de dédaigneux monosyllabes à mes questions. Je gardai le silence. Ce fut un horrible moment. Arrivés chez elle, nous nous assîmes devant la cheminée. Quand le valet de chambre se fut retiré après avoir attisé le feu, la comtesse se tourna vers moi d'un air indéfinissable et me dit avec une sorte de solennité:

– Depuis mon retour en France, ma fortune a tenté quelques jeunes gens, j'ai reçu des déclarations d'amour qui auraient pu satisfaire mon orgueil, j'ai rencontré des hommes dont l'attachement était si sincère et si profond qu'ils m'eussent encore épousée, même quand ils n'auraient trouvé en moi qu'une fille pauvre comme je l'étais jadis. Enfin sachez, monsieur de Valentin, que de nouvelles richesses et des titres nouveaux m'ont été offerts; mais apprenez aussi que je n'ai jamais revu les personnes assez mal inspirées pour m'avoir parlé d'amour. Si mon affection pour vous était légère, je ne vous donnerais pas un avertissement dans lequel il entre plus d'amitié que d'orgueil. Une femme s'expose à recevoir une sorte d'affront lorsque, en se supposant aimée, elle se refuse par avance à un sentiment toujours flatteur. J'espère aujourd'hui ne pas être mal jugée par un homme supérieur pour lui avoir montré franchement mon âme.

Elle s'exprimait avec le sang-froid d'un avoué, d'un notaire, expliquant à leurs clients les moyens d'un procès ou les articles d'un contrat. Le timbre clair et séducteur de sa voix n'accusait pas la moindre émotion; seulement sa figure et son maintien, toujours nobles et décents, me semblèrent avoir une froideur, une sécheresse diplomatiques. Elle avait sans doute médité ses paroles et fait le programme de cette scène. Oh! mon cher ami, quand certaines femmes trouvent du plaisir à nous déchirer le cœur, quand elles se sont promis d'y enfoncer un poignard et de le retourner dans la plaie, ces femmes-là sont adorables, elles aiment ou veulent être aimées! Un jour elles nous récompenseront de nos douleurs, comme Dieu doit, dit-on, rémunérer nos bonnes œuvres. Mais être torturé par une femme qui nous tue avec indifférence, n'est-ce pas un atroce supplice? En ce moment Fœdora marchait, sans le savoir, sur toutes mes espérances, brisait ma vie et détruisait mon avenir avec la froide insouciance et l'innocente cruauté d'un enfant qui, par curiosité, déchire les ailes d'un papillon.

D'abord les paroles me manquèrent, et j'eus peine à maîtriser l'ouragan qui s'élevait en moi; mais bientôt je refoulai mes sensations au fond de mon âme, et me mis à sourire:

– Si je vous dis que je vous aime, répondis-je, vous me bannirez; si je m'accuse d'indifférence, vous m'en punirez. Le silence ne préjuge rien; trouvez bon, madame, que je me taise. Pour m'avoir adressé de si fraternels avertissements, il faut que vous ayez craint de me perdre, et cette pensée pourrait satisfaire mon orgueil.

«Auriez-vous été maltraitée une première fois par l'amour? Peut-être le prix que vous devez attacher à l'élégance de votre taille, à votre délicieux corsage, vous fait-il craindre les dégâts de la maternité: ne serait-ce pas une de vos meilleures raisons secrètes pour vous refuser à être trop bien aimée?

«Ne vous fâchez pas, je discute, j'étudie, je suis à mille lieues de la passion. La nature, qui fait des aveugles de naissance, peut bien créer des femmes sourdes, muettes et aveugles en amour. Vraiment vous êtes un sujet précieux pour l'observation médicale!

Je ne te dirai pas tous les sarcasmes que je lui débitai en riant. Eh bien! la parole la plus acérée, l'ironie la plus aiguë, ne lui arrachèrent ni un mouvement ni un geste de dépit. Elle m'écoutait en gardant sur ses lèvres, dans ses yeux, son sourire d'habitude, ce sourire qu'elle prenait comme un vêtement, et toujours le même pour ses amis, pour ses simples connaissances, pour les étrangers.

– Ne suis-je pas bien bonne de me laisser mettre ainsi sur un amphithéâtre ? dit-elle en saisissant un moment pendant lequel je la regardais en silence. Beaucoup de femmes puniraient votre impertinence en vous faisant fermer leur porte.

– Avez-vous jamais songé aux effets d'un violent amour ? Un homme au désespoir a souvent assassiné sa maîtresse.

– Il vaut mieux être morte que malheureuse, répondit-elle froidement. Un homme si passionné doit un jour abandonner sa femme et la laisser sur la paille après lui avoir mangé sa fortune.

Cette arithmétique m'abasourdit. Je vis clairement un abîme entre cette femme et moi. Nous ne pouvions jamais nous comprendre.

– Adieu, lui dis-je froidement.

– Adieu, répondit-elle en inclinant la tête d'un air amical. À demain.

Je la regardai pendant un moment en lui dardant tout l'amour auquel je renonçais. Elle était debout, et me jetait son sourire banal, le détestable sourire d'une statue de marbre, paraissant exprimer l'amour, mais froid.

XXIV

Concevras-tu bien, mon cher, toutes les douleurs qui m'assaillirent en revenant chez moi par la pluie et la neige, en marchant sur le verglas des quais pendant une lieue, ayant tout perdu ? Oh ! savoir qu'elle ne pensait seulement pas à ma misère et me croyait, comme elle, riche et doucement voituré ! Combien de ruines et de déceptions ! Il ne s'agissait plus d'argent, mais de toutes les fortunes de mon âme.

En tournant sous les guichets de l'Institut, un mouvement fiévreux me saisit. Je me souvins alors que j'étais à jeun. Je ne possédais pas un denier. Pour comble de malheur, la pluie déformait mon chapeau. Comment pouvoir aborder désormais une femme élégante et me présenter dans un salon sans un chapeau mettable !

Grâce à des soins extrêmes, j'avais maintenu le mien jusque-là dans un état douteux. Sans être curieusement neuf ou sèchement vieux, il pouvait passer pour le chapeau d'un homme soigneux ; mais son existence artificielle arrivait à son dernier période[1], il était blessé, déjeté, fini, véritable haillon, digne représentant de son maître.

1. Au masculin, et dans un emploi littéraire vieilli, le mot désigne le degré extrême auquel est arrivée une personne ou une chose.

Faute de trente sous, je perdais mon industrieuse élégance.

Ah! combien de sacrifices ignorés n'avais-je pas faits à Fœdora depuis trois mois! Souvent je consacrais l'argent nécessaire au pain d'une semaine pour aller la voir un moment. Quitter mes travaux et jeûner, ce n'était rien! Mais traverser les rues de Paris sans se laisser éclabousser, courir pour éviter la pluie, arriver chez elle aussi bien mis que les fats qui l'entouraient, ah! pour un poète amoureux et distrait, cette tâche avait d'innombrables difficultés. Mon bonheur, mon amour, dépendait d'une moucheture de fange sur mon seul gilet blanc! Renoncer à la voir si je me crottais, si je me mouillais! Ne pas posséder cinq sous pour faire effacer par un décrotteur la plus légère tache de boue sur ma botte! Ma passion s'était augmentée de tous ces petits supplices inconnus, immenses chez un homme irritable.

Était-ce du dévouement après tout? N'étais-je pas richement récompensé par le plaisir que j'éprouvais à tout immoler pour elle? Naguère insouciant en fait de toilette, je respectais maintenant mon habit comme un autre moi-même. Entre une blessure à recevoir et la déchirure de mon frac, je n'aurais pas hésité! Tu dois alors épouser ma situation et comprendre les rages de pensées, la frénésie croissante qui m'agitaient en marchant!

J'éprouvais je ne sais quelle joie infernale à me trouver au faîte du malheur. Je voulais voir un présage de fortune dans cette dernière crise; mais le mal a des trésors sans fond.

La porte de mon hôtel était entrouverte. À travers les découpures en forme de cœur pratiquées dans le volet, j'aperçus une lumière projetée dans la rue. Pauline et sa mère causaient en m'attendant. J'entendis prononcer mon nom, j'écoutai.

– Raphaël, disait Pauline, est bien mieux que l'étudiant du numéro sept ! Ses cheveux blonds sont d'une si jolie couleur ! Ne trouves-tu pas quelque chose dans sa voix, je ne sais, mais quelque chose qui vous remue le cœur ? Je suis sûre que toutes les femmes doivent être folles de lui.

– Tu en parles comme si tu l'aimais, reprit Mme Gaudin.

– Oh ! je l'aime comme un frère, répondit-elle en riant. Je serais joliment ingrate si je n'avais pas de l'amitié pour lui ! Ne m'a-t-il pas appris la musique, le dessin, la grammaire, enfin tout ce que je sais ? Tu ne fais pas grande attention à mes progrès, ma bonne mère ; mais je deviens si instruite que dans quelque temps je serai assez forte pour donner des leçons, et alors nous pourrons avoir une domestique. »

Je me retirai doucement ; et, après avoir fait quelque bruit, j'entrai dans la salle pour y prendre ma lampe que Pauline voulut allumer. La pauvre enfant venait de jeter un baume délicieux sur mes plaies. Ce naïf éloge de ma personne me rendit un peu de courage.

Mes espérances, ainsi ranimées, se reflétèrent peut-être sur les choses que je voyais. Peut-être aussi n'avais-je point encore bien sérieusement examiné la scène assez souvent offerte à mes regards par ces deux femmes au milieu de cette salle ; mais alors j'admirai dans sa réalité le plus délicieux tableau de cette nature modeste si naïvement reproduite par les peintres flamands.

La mère, assise au coin d'un foyer à demi éteint, tricotait des bas, et laissait errer sur ses lèvres un bon sourire. Pauline coloriait des écrans[1], ses couleurs, ses pinceaux étalés sur une petite table parlaient aux yeux par de piquants effets. La nuit et le silence prêtaient leur charme à cette laborieuse veillée, à ce paisible intérieur. Une indéfinissable harmonie existait là entre les choses et les personnes.

Chez Fœdora le luxe était sec, il réveillait en moi de mauvaises pensées ; tandis que cette humble misère et ce bon naturel me rafraîchissaient l'âme.

Quand je fus près de Pauline, elle me jeta un regard presque maternel, et s'écria, les mains tremblantes, en posant vivement la lampe :

– Dieu ! comme vous êtes pâle ! Monsieur Raphaël, reprit-elle après une légère pause, vous êtes friand de lait : nous avons eu ce soir de la crème, tenez, voulez-vous y goûter ?

Elle sauta comme un petit chat sur un bol de porcelaine plein de lait, et me le présenta si vivement, me le mit sous le nez d'une si gentille façon, que j'hésitai.

– Vous me refuseriez ? dit-elle d'une voix altérée.

Nos deux fiertés se comprenaient : Pauline paraissait souffrir de sa pauvreté, et me reprocher ma hauteur. Je fus attendri. Cette crème était peut-être son

1. Des écrans à main ornés de sujets à la gouache dont les femmes se servaient pour se protéger de la chaleur du feu.

déjeuner du lendemain, j'acceptai cependant. La pauvre fille essaya de cacher sa joie, mais elle pétillait dans ses yeux.

– J'en avais besoin, lui dis-je en m'asseyant. Comme nous nous quitterons bientôt, ajoutai-je d'une voix mal assurée, laissez-moi vous témoigner ma reconnaissance pour tous les soins que vous et votre mère vous avez eus de moi.

– Oh ! ne comptons pas, dit-elle en riant.

Son rire cachait une émotion qui me fit mal.

– Mon piano, repris-je sans paraître avoir entendu ses paroles, est un des meilleurs instruments d'Érard : acceptez-le. Prenez-le sans scrupule, je ne saurais vraiment l'emporter dans le voyage que je compte entreprendre.

Éclairées peut-être par l'accent de mélancolie avec lequel je prononçai ces mots, les deux femmes semblèrent m'avoir compris et me regardèrent avec une curiosité mêlée d'effroi. L'affection que je cherchais au milieu des froides régions du grand monde était donc là, vraie, sans faste, mais onctueuse et peut-être durable.

– Il ne faut pas prendre tant de souci, me dit la mère. Restez ici. Nous serons tous riches, Gaudin reviendra millionnaire. Je l'ai vu en rêve sur un vaisseau plein de serpents ; heureusement l'eau était trouble, ce qui signifie or et pierreries d'outre-mer.

Ces paroles amicales et vides, semblables aux vagues chansons avec lesquelles une mère endort les douleurs de son enfant, me rendirent une sorte de calme. L'accent et le regard de la bonne femme exhalaient cette douce cordialité qui n'efface pas le chagrin, mais qui l'apaise, qui le berce et l'émousse.

Plus perspicace que sa mère, Pauline m'examinait avec inquiétude, ses yeux intelligents semblaient deviner ma vie et mon avenir. Je remerciai par une inclination de tête la mère et la fille; puis je me sauvai, craignant de m'attendrir.

Quand je me trouvai seul sous mon toit, je me couchai dans mon malheur. Quand un homme se traîne dans les décombres de sa fortune, il y rencontre encore quelques ressources; mais j'étais dans le néant. J'étais alors sans idées, sans force, comme une jeune fille tombée à genoux devant un tigre. Un homme sans passion et sans argent reste maître de sa personne; mais un malheureux qui aime ne s'appartient plus et ne peut pas se tuer. L'amour nous donne une sorte de religion pour nous-mêmes, nous respectons en nous une autre vie; il devient alors le plus horrible des malheurs, le malheur avec une espérance, une espérance qui vous fait accepter des tortures.

Je m'endormis avec l'idée d'aller le lendemain confier à Rastignac la singulière détermination de Fœdora.

XXV

– Ah! ah! me dit Rastignac en me voyant entrer chez lui dès neuf heures du matin, je sais ce qui t'amène, tu dois être congédié par Fœdora. Quelques bonnes âmes jalouses de ton empire sur la comtesse ont annoncé votre mariage. Dieu sait les folies que tes rivaux t'ont prêtées et les calomnies dont tu as été l'objet!

– Tout s'explique! m'écriai-je.

Je me souvins de toutes mes impertinences et trouvai la comtesse sublime. À mon gré, j'étais un infâme qui n'avait pas encore assez souffert, et je ne vis plus dans son indulgence que la patiente charité de l'amour.

– N'allons pas si vite, me dit le prudent Gascon. Fœdora possède la pénétration naturelle aux femmes profondément égoïstes, elle t'aura jugé peut-être au moment où tu ne voyais encore en elle que sa fortune et son luxe; en dépit de ton adresse, elle aura lu dans ton âme. Elle est assez dissimulée pour qu'aucune dissimulation ne trouve grâce devant elle.

«Je crois, ajouta-t-il, t'avoir mis dans une mauvaise voie. Malgré la finesse de son esprit et de ses manières, cette créature me semble impérieuse comme toutes les femmes qui ne prennent de plaisir que par la tête. Pour elle le bonheur gît tout entier dans le bien-être de la vie, dans les jouissances sociales ; chez elle, le sentiment est un rôle, elle te rendrait malheureux, et ferait de toi son premier valet !

Rastignac parlait à un sourd. Je l'interrompis, en lui exposant avec une apparente gaieté ma situation financière.

– Hier au soir, me répondit-il, une veine contraire m'a emporté tout l'argent dont je pouvais disposer. Sans cette vulgaire infortune, j'eusse partagé volontiers ma bourse avec toi. Mais, allons déjeuner au cabaret, les huîtres nous donneront peut-être un bon conseil.

Il s'habilla, fit atteler son tilbury ; puis semblables à deux millionnaires, nous arrivâmes au Café de Paris avec l'impertinence de ces audacieux spéculateurs qui vivent sur des capitaux imaginaires. Ce diable de Gascon me confondait par l'aisance de ses manières et par son aplomb imperturbable.

Au moment où nous prenions le café, après avoir fini un repas fort délicat, Rastignac, qui distribuait des coups de tête à une foule de jeunes gens également recommandables par les grâces de leur personne et par l'élégance de leur mise, me dit en voyant entrer un de ces *dandys* :

– Voici ton affaire !

Et il fit signe à un gentilhomme bien cravaté, qui semblait chercher une table à sa convenance, de venir lui parler.

– Ce gaillard-là, me dit Rastignac à l'oreille, est décoré pour avoir publié des ouvrages qu'il ne comprend pas. Aussi se garderait-il bien d'entrer dans ces cabinets sur lesquels il y a cette inscription : *Ici l'on peut écrire soi-même.* – Eh bien ! mon excellent ami, mon honorable ami, comment se porte Votre Intelligence ? lui dit Rastignac au moment où l'inconnu s'assit à la table voisine.

– Mais ni bien, ni mal. Je suis accablé de travail. J'ai entre les mains tous les matériaux nécessaires pour faire des mémoires historiques très curieux, et je ne sais à qui les attribuer. Cela me tourmente, il faut se hâter, les mémoires vont passer de mode.

– Sont-ce des mémoires contemporains, anciens, sur la Cour, sur quoi ?

– Sur l'affaire du Collier[1].

– N'est-ce pas un miracle ? me dit Rastignac en riant. (Puis, se retournant vers le spéculateur :) M. de Valentin, reprit-il en me désignant, est un de mes amis que je vous présente comme l'une de nos futures célébrités littéraires. Il avait jadis une tante fort bien en cour, marquise, et depuis deux ans il travaille à une histoire royaliste de la Révolution. (Puis, se penchant à l'oreille de ce singulier négociant, il lui dit :) C'est un homme de talent ; mais un niais qui peut vous faire vos mémoires, au nom de sa tante, pour cent écus par volume.

– Le marché me va, répondit l'autre en haussant sa cravate. Garçon, mes huîtres, donc !

1. Allusion à l'affaire du collier de la reine, célèbre escroquerie qui éclaboussa la réputation de Marie-Antoinette en 1785 et qui inspirera à Alexandre Dumas son roman, *Le Collier de la reine* (1850).

– Oui, mais vous me donnerez vingt-cinq louis de commission et lui paierez un volume d'avance, reprit Rastignac.

– Non, non. Je n'avancerai que cinquante écus pour être plus sûr d'avoir promptement mon manuscrit.

Rastignac me répéta cette conversation mercantile à voix basse. Puis sans me consulter :

– Nous sommes d'accord, lui répondit-il. Quand pouvons-nous aller vous voir pour terminer cette affaire ?

– Venez dîner ici, demain soir, à sept heures.

Nous nous levâmes, Rastignac jeta de la monnaie au garçon, mit la carte à payer dans sa poche, et nous sortîmes. J'étais stupéfait de la légèreté, de l'insouciance avec laquelle il avait vendu ma respectable tante, la marquise de Montbauron.

– J'aime mieux m'embarquer pour le Brésil, et y enseigner aux Indiens l'algèbre, que je ne sais pas, que de salir le nom de ma famille !

Rastignac m'interrompit par un éclat de rire.

– Es-tu bête ! Prends d'abord les cinquante écus et fais les mémoires. Quand ils seront achevés, tu refuseras de les mettre sous le nom de ta tante, imbécile !

– Oh ! m'écriai-je, pourquoi suis-je sorti de ma vertueuse mansarde ? Le monde a des envers bien salement ignobles.

– Bon, répondit Rastignac, voilà de la poésie, et il s'agit d'affaires.

– Enfin, lui dis-je tout ému, c'est pour moi une nécessité : ainsi, mon pauvre ami, je te dois des remerciements. Vingt-cinq louis me rendront bien riche.

– Et plus riche que tu ne penses, reprit-il en riant. Si Finot me donne une commission dans l'affaire, ne devines-tu pas qu'elle sera pour toi ?

« Allons au bois de Boulogne, dit-il ; nous y verrons ta comtesse, et je te montrerai la jolie petite veuve que je dois épouser, une charmante personne, Alsacienne un peu grasse. Elle pleure des averses à la lecture de Goethe, et je suis obligé de pleurer un peu, par complaisance, car il y a cinquante mille livres de rente, mon cher, et le plus joli petit pied, la plus jolie petite main de la terre ! Ah ! si elle ne disait pas *mon anche*, et *proulier* pour *mon ange* et *brouiller*, ce serait une femme accomplie.

Nous vîmes la comtesse, brillante dans un brillant équipage. La coquette nous salua fort affectueusement en me jetant un sourire qui me parut alors divin et plein d'amour.

Ah ! j'étais bien heureux, je me croyais aimé, j'avais de l'argent et des trésors de passion, plus de misère. Léger, gai, content de tout, je trouvai la maîtresse de mon ami charmante. Les arbres, l'air, le ciel, toute la nature semblait me répéter le sourire de Fœdora. En revenant des Champs-Élysées, nous allâmes chez le chapelier et chez le tailleur de Rastignac. L'affaire du Collier me permit de quitter mon misérable pied de paix, pour passer à un formidable pied de guerre. Désormais je pouvais sans crainte lutter de grâce et d'élégance avec les jeunes gens qui tourbillonnaient autour de Fœdora.

XXVI

Le lendemain, vers midi, Pauline frappa doucement à ma porte et m'apporta, devine quoi ?

Une lettre de Fœdora.

La comtesse me priait de venir la prendre au Luxembourg pour aller, de là, voir ensemble le Muséum et le jardin des Plantes.

– Un commissionnaire attend la réponse, me dit-elle après un moment de silence.

Je griffonnai promptement une lettre de remerciement que Pauline emporta.

Je m'habillai. Au moment où, assez content de moi-même, j'achevais ma toilette, un frisson glacial me saisit à cette pensée : Fœdora est-elle venue en voiture ou à pied ? pleuvra-t-il, fera-t-il beau ? J'étais sans un rouge liard et ne devais avoir de l'argent que le soir. Malgré la certitude de ne rien trouver, j'entrepris une grande exploration à travers ma chambre, je cherchai des écus imaginaires jusque dans les profondeurs de ma paillasse, je fouillai tout, je secouai même de vieilles bottes. Comprendras-tu le délire qui m'anima, lorsqu'en ouvrant pour la septième fois le tiroir de ma table à écrire, j'aperçus collée contre une planche latérale, tapie sournoisement, mais propre, brillante, lucide comme une étoile à son lever, une belle et noble pièce de cent sous ? Ne lui demandant compte ni de son silence ni de la cruauté dont elle était coupable en se tenant ainsi cachée, je la baisai comme un ami fidèle au malheur et la saluai par un cri qui trouva de l'écho.

Je me retournai brusquement et vis Pauline devenue pâle.

– J'ai cru, dit-elle d'une voix émue, que vous vous faisiez mal. Le commissionnaire... (Elle s'interrompit comme si elle étouffait.) Mais ma mère l'a payé, ajouta-t-elle.

Puis elle s'enfuit, enfantine et follette comme un caprice. Pauvre petite! je lui souhaitai mon bonheur. En ce moment, il me semblait avoir dans l'âme tout le plaisir de la terre, et j'aurais voulu restituer aux malheureux la part que je croyais leur voler.

Nous avons presque toujours raison dans nos pressentiments d'adversité, la comtesse avait renvoyé sa voiture. Il fit beau pendant tout le temps que nous marchâmes dans le Luxembourg. Quand nous en sortîmes, un gros nuage dont la marche excitait mon inquiétude, ayant laissé tomber quelques gouttes d'eau, nous montâmes dans un fiacre. Lorsque nous eûmes atteint les boulevards, la pluie cessa, le ciel reprit sa sérénité. En arrivant au Muséum, je voulus renvoyer la voiture, Fœdora me pria de la garder. Que de tortures! Mais causer avec elle en comprimant un secret délire qui sans doute se formulait sur mon visage par quelque sourire niais et arrêté; errer dans le jardin des Plantes, en parcourir les allées bocagères et sentir son bras appuyé sur le mien, il y eut dans tout cela je ne sais quoi de fantastique: c'était un rêve en plein jour.

Cependant ses mouvements, soit en marchant, soit en nous arrêtant, n'avaient rien de doux ni d'amoureux, malgré leur apparente volupté. Les femmes sans âme n'ont rien de moelleux dans leurs gestes. Aussi n'étions-nous unis, ni par une même volonté, ni par un même pas. Il n'existe point de mots pour rendre ce désaccord matériel de deux êtres, car nous ne sommes pas encore habitués à reconnaître une pensée dans le mouvement. Ce phénomène de notre nature se sent instinctivement, il ne s'exprime pas.

– Vous pouvez me rendre un service assez important, me dit la comtesse en me regardant d'un air confus. Après vous avoir confié mon antipathie pour l'amour, je me sens plus libre en réclamant de vous un bon office au nom de l'amitié. N'aurez-vous pas, reprit-elle en riant, beaucoup plus de mérite à m'obliger aujourd'hui ? La protection du duc de Navarreins, dit-elle en continuant avec des inflexions de voix pleines de câlinerie, me serait très utile auprès d'une personne toute-puissante en Russie, et dont l'intervention est nécessaire pour me faire rendre justice dans une affaire. Le duc de Navarreins n'est-il pas votre cousin ? Une lettre de lui déciderait tout.

– Je vous appartiens, lui répondis-je, ordonnez.

– Vous êtes bien aimable, reprit-elle en me serrant la main. Venez dîner avec moi, je vous dirai tout comme à un confesseur.

Nous arrivâmes chez elle. Fort heureusement, le fond de ma bourse put satisfaire le cocher. Je passai délicieusement la journée, seul avec elle, chez elle ; c'était la première fois que je pouvais la voir ainsi. Jusqu'à ce jour, le monde, sa gênante politesse et ses façons froides nous avaient toujours séparés, même pendant ses somptueux dîners; mais alors j'étais chez elle comme si j'eusse vécu sous son toit, je la possédais pour ainsi dire. Me croyant son mari, je l'admirais occupée de petits détails. Elle me laissa seul un moment, et revint les cheveux arrangés, charmante. Cette jolie toilette avait été faite pour moi! Pendant le dîner, elle me prodigua ses attentions et déploya des grâces infinies dans mille choses qui semblent des riens et qui cependant sont la moitié de la vie.

Quand nous fûmes tous deux devant un foyer pétillant, assis sur la soie, environnés des plus désirables créations d'un luxe oriental; quand je vis si près de moi cette femme dont la beauté célèbre faisait palpiter tant de cœurs, cette femme si difficile à conquérir, me parlant, me rendant l'objet de toutes ses coquetteries, ma voluptueuse félicité devint presque de la souffrance. Pour mon malheur, je me souvins de l'importante affaire que je devais conclure, et voulus aller au rendez-vous qui m'avait été donné la veille.

– Quoi! déjà! dit-elle en me voyant prendre mon chapeau.

Elle m'aimait! Je le crus du moins, en l'entendant prononcer ces deux mots d'une voix caressante. Pour prolonger mon extase, j'aurais alors volontiers troqué deux années de ma vie contre chacune des heures qu'elle voulait bien m'accorder. Mon bonheur s'augmenta de tout l'argent que je perdais!

Il était minuit quand elle me renvoya.

XXVII

Néanmoins le lendemain, mon héroïne me coûta bien des remords, je craignis d'avoir manqué l'affaire des mémoires, devenue si capitale pour moi ; je courus chez Rastignac, et nous allâmes surprendre à son lever le titulaire de mes travaux futurs.

Finot me lut un petit acte où il n'était point question de ma tante, et après la signature duquel il me compta cinquante écus. Nous déjeunâmes tous les trois.

Quand j'eus payé mon nouveau chapeau, soixante cachets à trente sous et mes dettes, il ne me resta plus que trente francs ; mais toutes les difficultés de la vie s'étaient aplanies pour quelques jours. Je rompis avec la vie monastique et studieuse que j'avais menée pendant trois ans. J'allai fort assidûment chez Fœdora, où je tâchai de surpasser en apparence les impertinents ou les héros de coterie qui s'y trouvaient. En croyant avoir échappé pour toujours à la misère, je recouvrai ma liberté d'esprit, j'écrasai mes rivaux, et passai pour un homme plein de séductions, prestigieux, irrésistible.

Cependant les gens habiles disaient en parlant de moi : « Un garçon aussi spirituel ne doit avoir de passions que dans la tête ! » Ils vantaient charitablement mon esprit aux dépens de ma sensibilité. « Est-il heureux de ne pas aimer ! s'écriaient-ils. S'il aimait, aurait-il autant de gaieté, de verve ? »

J'étais cependant bien amoureusement stupide en présence de Fœdora ! Seul avec elle, je ne savais rien lui dire, ou si je parlais, je médisais de l'amour ; j'étais tristement gai comme un courtisan qui veut cacher un cruel dépit.

Enfin, j'essayai de me rendre indispensable à sa vie, à son bonheur, à sa vanité : tous les jours près d'elle, j'étais un esclave, un jouet sans cesse à ses ordres. Après avoir ainsi dissipé ma journée, je revenais chez moi pour y travailler pendant les nuits, ne dormant guère que deux ou trois heures de la matinée.

Mais je me vis bientôt sans un sou. Dès lors, mon cher ami, fat sans bonnes fortunes, élégant sans argent, amoureux anonyme, je retombai dans cette vie précaire, dans ce froid et profond malheur soigneusement caché sous les trompeuses apparences du luxe. Souvent les gâteaux et le thé, si parcimonieusement offerts dans les salons, étaient ma seule nourriture. Quelquefois, les somptueux dîners de la comtesse me substantaient pendant deux jours.

J'employai tout mon temps, mes efforts et ma science d'observation à pénétrer plus avant dans l'impénétrable caractère de Fœdora.

Jusqu'alors, l'espérance ou le désespoir avaient influencé mon opinion, je voyais en elle tour à tour la femme la plus aimante ou la plus insensible de son sexe ; mais ces alternatives de joie et de tristesse devinrent intolérables. La comtesse justifiait toutes mes craintes, je n'avais pas encore surpris de larmes dans ses yeux ; au théâtre une scène attendrissante la trouvait froide et rieuse, elle réservait toute sa finesse pour elle, et ne devinait ni le malheur ni le bonheur d'autrui. Enfin elle m'avait joué! Heureux de lui faire un sacrifice, je m'étais presque avili pour elle en allant voir mon parent le duc de Navarreins, homme égoïste qui rougissait de ma misère; il me reçut donc avec cette froide politesse qui donne aux gestes et aux paroles l'apparence de l'insulte. Je lui dis quel était l'objet de ma visite. Le changement de ses manières, qui de glaciales devinrent insensiblement affectueuses, me dégoûta. Eh bien! mon ami, il vint chez la comtesse, il m'y écrasa. Fœdora trouva pour lui des enchantements, des prestiges inconnus; elle le séduisit, traita sans moi cette affaire mystérieuse de laquelle je ne sus pas un mot: j'avais été pour elle un moyen!... Elle paraissait ne plus m'apercevoir quand mon cousin était chez elle. Un soir, elle m'humilia devant le duc par un de ces gestes et par un de ces regards qu'aucune parole ne saurait peindre. Je sortis pleurant, formant mille projets de vengeance.

Vous rencontrez souvent des gens de colossale apparence de qui le cœur est tendre et délicat sous un corps de bronze; mais elle cachait un cœur de bronze sous sa frêle et gracieuse enveloppe.

Moi seul avais étudié ses grimaces, j'avais dépouillé son être intérieur de la mince écorce qui suffit au monde, et n'étais plus la dupe de ses singeries; je connaissais à fond son âme de chatte. Quand un niais la complimentait, la vantait, j'avais honte pour elle. Et je l'aimais toujours! j'espérais fondre ses glaces sous les ailes d'un amour de poète. Je l'aimais en homme, en amant, en artiste, quand il aurait fallu ne pas l'aimer pour l'obtenir ; elle eût été dominée par un homme sec et glacé.

Des douleurs acérées entraient jusqu'au vif dans mon âme, quand elle me révélait naïvement son égoïsme. Je l'apercevais avec douleur seule un jour dans la vie et ne sachant à qui tendre la main, ne rencontrant pas de regards amis où reposer les siens.

Un soir, j'eus le courage de lui peindre, sous des couleurs animées, sa vieillesse déserte, vide et triste. À l'aspect de cette épouvantable vengeance de la nature trompée, elle dit un mot atroce.

– J'aurai toujours de la fortune, me répondit-elle. Eh bien ! avec de l'or nous pouvons toujours créer autour de nous les sentiments qui sont nécessaires à notre bien-être.

Je sortis foudroyé par la logique de ce luxe, de cette femme, de ce monde, en me blâmant d'en être si sottement idolâtre. Je n'aimais pas Pauline pauvre, Fœdora riche n'avait-elle pas le droit de repousser Raphaël ? Notre conscience est un juge infaillible, quand nous ne l'avons pas encore assassinée. « Fœdora, me criait une voix sophistique, n'aime ni ne repousse personne ; elle est libre, mais elle s'est autrefois donnée pour de l'or. Amant ou époux, le comte russe l'a possédée. Elle aura bien une tentation dans sa vie ! Attends-la. »

XXVIII

Un caprice de la mode, ou cette envie de paraître original qui nous poursuit tous, avait amené la manie de vanter un petit spectacle du boulevard. La comtesse témoigna le désir de voir la figure enfarinée d'un acteur qui faisait les délices de quelques gens d'esprit, et j'obtins l'honneur de la conduire à la première représentation de je ne sais quelle mauvaise farce.

La loge coûtait à peine cent sous, je ne possédais pas un traître liard. Ayant encore un demi-volume de mémoires à écrire, je n'osais pas aller mendier un secours à Finot, et Rastignac, ma providence, était absent.

Je pensai à mettre en gage le cercle d'or qui entourait le portrait de ma mère. Quoique le mont-de-piété se fût toujours dessiné dans ma pensée comme une des portes du bagne, il valait encore mieux y porter mon lit moi-même que de solliciter une aumône. Le regard d'un homme à qui vous demandez de l'argent fait tant de mal!

Pauline travaillait, sa mère était couchée. Jetant un regard furtif sur le lit dont les rideaux étaient légèrement relevés, je crus Mme Gaudin profondément endormie.

– Vous avez du chagrin, me dit Pauline qui posa son pinceau sur son coloriage.

– Ma pauvre enfant, vous pouvez me rendre un grand service, lui répondis-je.

Je lui avouai donc ma détresse, l'embarras dans lequel je me trouvais, et la priai de m'aider.

– Comment, monsieur Raphaël, dit-elle, vous ne voulez pas aller au mont-de-piété, et vous m'y envoyez !

Je rougis, confondu par la logique d'un enfant. Elle me prit alors la main comme si elle eût voulu compenser par une caresse la vérité de son exclamation.

– Oh ! j'irais bien, dit-elle, mais la course est inutile. Ce matin, j'ai trouvé derrière le piano deux pièces de cent sous qui s'étaient glissées à votre insu entre le mur et la barre, et je les ai mises sur votre table.

– Vous devez bientôt recevoir de l'argent, monsieur Raphaël, me dit la bonne mère qui montra sa tête entre les rideaux, je puis bien vous prêter quelques écus en attendant.

– Oh ! Pauline, m'écriai-je en lui serrant la main, je voudrais être riche !

– Bah ! pourquoi ? dit-elle d'un air mutin. (Sa main tremblant dans la mienne répondait à tous les battements de mon cœur ; elle retira vivement ses doigts, examina les miens :) Vous épouserez une femme riche ! dit-elle, mais elle vous donnera bien du chagrin. Ah ! Dieu ! elle vous tuera. J'en suis sûre !

Il y avait dans son cri une sorte de croyance aux folles superstitions de sa mère.

Elle reprit son pinceau, le trempa dans la couleur en laissant paraître une vive émotion, et ne me regarda plus. En ce moment, j'aurais bien voulu croire à des chimères. Un homme n'est pas tout à fait misérable quand il est superstitieux. Une superstition, c'est souvent une espérance.

Retiré dans ma chambre, je vis en effet deux nobles écus dont la présence me parut inexplicable.

Le lendemain, Pauline vint me voir au moment où je sortais pour aller louer une loge.

– Vous n'avez peut-être pas assez de dix francs, me dit en rougissant cette bonne et aimable fille, ma mère m'a chargée de vous offrir cet argent. Prenez, prenez !

Elle jeta trois écus sur ma table et s'enfuit, et sa voix de rossignol, ses roulades fraîches retentirent dans l'escalier.

« Elle est bien heureuse de ne pas aimer encore ! » me dis-je en pensant aux tortures que je souffrais depuis plusieurs mois.

Les quinze francs de Pauline me furent bien précieux. Fœdora, songeant aux émanations populacières de la salle où nous devions rester pendant quelques heures, regretta de ne pas avoir un bouquet, j'allai lui chercher des fleurs. J'eus à la fois des remords et des plaisirs en lui donnant un bouquet dont le prix me révéla tout ce que la galanterie superficielle en usage dans le monde avait de dispendieux.

Bientôt elle se plaignit de l'odeur un peu trop forte d'un jasmin du Mexique, elle éprouva un intolérable dégoût en voyant la salle, en se trouvant assise sur de dures banquettes, elle me reprocha de l'avoir amenée là. Quoiqu'elle fût près de moi, elle voulut s'en aller ; elle s'en alla.

M'imposer des nuits sans sommeil, avoir dissipé deux mois de mon existence, et ne pas lui plaire ! Jamais ce démon ne fut ni plus gracieux ni plus insensible. Pendant la route, assis près d'elle dans un étroit coupé, je respirais son souffle, je touchais son gant parfumé, je voyais distinctement les trésors de sa beauté, je sentais une vapeur douce comme l'iris : toute la femme et point de femme.

Je résolus de faire encore une tentative. En lui racontant ma vie, mon amour, mes sacrifices, peut-être pourrais-je réveiller en elle la pitié, lui arracher une larme, à celle qui ne pleurait jamais. J'avais placé toutes mes espérances dans cette dernière épreuve.

XXIX

En mai dernier, vers huit heures du soir, je me trouvai seul avec Fœdora, dans son boudoir gothique. Je ne tremblai pas alors, j'étais sûr d'être heureux. Ma maîtresse devait m'appartenir, ou je me réfugiais dans les bras de la mort. J'avais condamné mon lâche amour. Un homme est bien fort quand il s'avoue sa faiblesse.

Vêtue d'une robe de cachemire bleu, la comtesse était étendue sur un divan, les pieds sur un coussin. Je ne l'avais jamais vue aussi éclatante. Nous restâmes environ une heure à causer familièrement. En ce moment, elle était à moi, à moi seul. Je n'en voulais pas à son corps, je souhaitais une âme, une vie, ce bonheur idéal et complet, beau rêve auquel nous ne croyons pas longtemps.

– Madame, lui dis-je enfin, écoutez-moi. Je vous aime, vous le savez, je vous l'ai dit mille fois, vous auriez dû m'entendre. Combien de maux n'ai-je pas soufferts pour vous, et dont cependant vous êtes innocente !

« Vous souvenez-vous du jour où vous avez voulu venir au Gymnase sans moi, croyant que je ne m'y trouverais point ? J'avais employé mon dernier écu pour aller vous y voir. Vous rappelez-vous la promenade que nous fîmes au jardin des Plantes ? Votre voiture me coûta toute ma fortune.

Je lui racontai mes sacrifices, je lui peignis ma vie, non pas comme je te la raconte aujourd'hui, dans l'ivresse du vin, mais dans la noble ivresse du cœur. Mon accent fut celui des dernières prières faites par un mourant sur le champ de bataille.

Elle pleura. Je m'arrêtai.

Grand Dieu! ses larmes étaient le fruit de cette émotion factice achetée cent sous à la porte d'un théâtre, j'avais eu le succès d'un bon acteur.

– Votre figure est pour moi la promesse d'une âme plus belle encore que vous n'êtes belle. J'étais ambitieux, je voulais vivre cœur à cœur avec vous, avec vous qui n'avez pas de cœur. Je le sais maintenant. Si vous deviez être à un homme, je l'assassinerais. Mais non, vous l'aimeriez, et sa mort vous ferait peut-être de la peine.

– Si cette promesse peut vous consoler, dit-elle en riant, je puis vous assurer que je n'appartiendrai à personne. Ah! dit-elle en riant, je suis sans doute bien criminelle de ne pas vous aimer? Est-ce ma faute? Non, je ne vous aime pas; vous êtes un homme, cela suffit. Je me trouve heureuse d'être seule, pourquoi changerais-je ma vie, égoïste si vous voulez, contre les caprices d'un maître? Le mariage est un sacrement en vertu duquel nous ne nous communiquons que des chagrins. D'ailleurs, les enfants m'ennuient. Ne vous ai-je pas loyalement prévenu de mon caractère? Pourquoi ne vous êtes-vous pas contenté de mon amitié? Je voudrais pouvoir consoler les peines que je vous ai causées en ne devinant pas le compte de vos petits écus, j'apprécie l'étendue de vos sacrifices; mais l'amour peut seul payer votre dévouement, vos délicatesses, et je vous aime si peu, que cette scène m'affecte désagréablement.

– Je sens combien je suis ridicule, pardonnez-moi, lui dis-je avec douceur sans pouvoir retenir mes larmes. Je vous aime assez, repris-je, pour écouter avec délices les cruelles paroles que vous prononcez. Oh ! je voudrais pouvoir signer mon amour de tout mon sang.

– Tous les hommes nous disent plus ou moins bien ces phrases classiques, reprit-elle en riant. Mais il paraît qu'il est très difficile de mourir à nos pieds, car je rencontre de ces morts-là partout. Il est minuit, permettez-moi de me coucher.

Je la contemplais d'un œil étincelant de rage. Je pris mon chapeau, je la saluai.

– Madame.

– Monsieur.

– Je ne vous verrai plus.

– Je l'espère, répondit-elle en inclinant la tête avec une impertinente expression.

Ce mot m'imposa silence. Je lui jetai ma haine dans un regard et je m'enfuis.

XXX

Il fallait oublier Fœdora, me guérir de ma folie, reprendre ma studieuse solitude ou mourir. Je m'imposai donc des travaux exorbitants, je voulus achever mes ouvrages. Pendant quinze jours, je ne sortis pas de ma mansarde, et consumai toutes mes nuits en de pâles études. Malgré mon courage et les inspirations de mon désespoir, je travaillais difficilement, par saccades. La muse avait fui. Je ne pouvais chasser le fantôme brillant et moqueur de Fœdora.

Un soir, Pauline pénétra dans ma chambre.

– Vous vous tuez, me dit-elle d'une voix suppliante ; vous devriez sortir, allez voir vos amis.

– Ah ! Pauline ! votre prédiction était vraie. Fœdora me tue, je veux mourir. La vie m'est insupportable.

– Il n'y a donc qu'une femme dans le monde ? dit-elle en souriant. Pourquoi mettez-vous des peines infinies dans une vie si courte ?

Je regardai Pauline avec stupeur. Elle me laissa seul. J'avais entendu sa voix, sans comprendre le sens de ses paroles.

Bientôt je fus obligé de porter le manuscrit de mes mémoires à mon entrepreneur de littérature. Préoccupé par ma passion, j'ignorais comment j'avais pu vivre sans argent, je savais seulement que les quatre cent cinquante francs qui m'étaient dus suffiraient à payer mes dettes ; j'allai donc chercher mon salaire, et je rencontrai Rastignac, qui me trouva changé, maigri.

– De quel hôpital sors-tu ? me dit-il.

– Cette femme me tue, répondis-je. Je ne puis ni la mépriser ni l'oublier.

– Il vaut mieux la tuer, tu n'y songeras peut-être plus ! s'écria-t-il en riant.

– J'y ai bien pensé, répondis-je. La comtesse est un admirable monstre qui demanderait grâce, et n'est pas Othello qui veut !

– Elle est comme toutes les femmes que nous ne pouvons pas avoir, dit Rastignac en m'interrompant.

– Je suis fou ! m'écriai-je. Je sens la folie rugir par moments dans mon cerveau. Je préfère la mort à cette vie. Que penses-tu de l'opium ?

– Bah ! des souffrances atroces, répondit Rastignac.

– La Seine ?

– Les filets et la Morgue sont bien sales.

– Un coup de pistolet ?

– Et si tu te manques, tu restes défiguré. Écoute, reprit-il, j'ai comme tous les jeunes gens médité sur les suicides. Qui de nous, à trente ans, ne s'est pas tué deux ou trois fois ? Je n'ai rien trouvé de mieux que d'user l'existence par le plaisir. Plonge-toi dans une dissolution profonde, ta passion ou toi, vous y périrez.

« Si tu veux créer un nouveau genre de mort en te débattant ainsi contre la vie, je suis ton second. Je m'ennuie, je suis désappointé. L'Alsacienne qu'on m'a proposée pour femme a six doigts au pied gauche, je ne puis pas vivre avec une femme qui a six doigts ! cela se saurait, je deviendrais ridicule. Elle n'a que dix-huit mille francs de rente, sa fortune diminue et ses doigts augmentent. Au diable ! En menant une vie enragée, peut-être trouverons-nous le bonheur par hasard !

Rastignac m'entraîna.

– Et de l'argent ? lui dis-je.

– N'as-tu pas quatre cent cinquante francs ?

– Oui, mais je dois à mon tailleur, à mon hôtesse.

– Tu paies ton tailleur ? tu ne seras jamais rien, pas même ministre.

– Mais que pouvons-nous avec vingt louis ?

– Aller au jeu.

Je frissonnai.

– Écoute, lui répondis-je, j'ai promis à mon père de ne jamais mettre le pied dans une maison de jeu. Non seulement cette promesse est sacrée, mais encore j'éprouve une horreur invincible en passant devant un tripot ; prends mes cent écus, et vas-y seul. Pendant que tu risqueras notre fortune, j'irai mettre mes affaires en ordre, et reviendrai t'attendre chez toi.

Voilà, mon cher, comment je me perdis. Il suffit à un jeune homme de rencontrer une femme qui ne l'aime pas, ou une femme qui l'aime trop, pour que toute sa vie soit dérangée.

Revenu à mon hôtel Saint-Quentin, je contemplai longtemps la mansarde où j'avais mené la chaste vie d'un savant.

Pauline me surprit dans une attitude mélancolique.

– Eh bien ! qu'avez-vous ? dit-elle.

Je me levai froidement et comptai l'argent que je devais à sa mère en y ajoutant le prix de mon loyer pour six mois.

– Je vous quitte, ma chère Pauline. Gardez-moi ma cellule pendant une demi-année. Si je ne suis pas de retour vers le quinze novembre, vous hériterez de moi. Ce manuscrit cacheté, dis-je en lui montrant un paquet de papiers, est la copie de mon grand ouvrage sur la volonté, vous le déposerez à la Bibliothèque du roi. Quant à tout ce que je laisse ici, vous en ferez ce que vous voudrez.

Elle me jetait des regards qui pesaient sur mon cœur. Pauline était là comme une conscience vivante.

– Je n'aurai plus de leçons, dit-elle en me montrant le piano.

Je ne répondis pas.

– M'écrirez-vous ?

– Adieu, Pauline.

Je l'attirai doucement à moi, puis sur son front d'amour, vierge comme la neige qui n'a pas touché terre, je mis un baiser de frère, un baiser de vieillard.

Elle se sauva.

Je ne voulus pas voir Mme Gaudin. Je mis ma clé à sa place habituelle et partis.

En quittant la rue de Cluny, j'entendis derrière moi le pas léger d'une femme.

– Je vous avais brodé cette bourse, la refuserez-vous ? me dit Pauline.

Je crus apercevoir à la lueur du réverbère une larme dans les yeux de Pauline, et je soupirai.

Poussés tous deux par la même pensée peut-être, nous nous séparâmes avec l'empressement de gens qui auraient voulu fuir la peste.

XXXI

La vie de dissipation à laquelle je me vouais apparut devant moi bizarrement exprimée par la chambre où j'attendais avec une noble insouciance le retour de Rastignac.

Au milieu de la cheminée, s'élevait une pendule surmontée d'une Vénus accroupie sur sa tortue, et qui tenait entre ses bras un cigare à demi consumé. Des meubles élégants, présents de l'amour, étaient épars. De vieilles chaussettes traînaient sur un voluptueux divan. Le confortable fauteuil à ressorts dans lequel j'étais plongé portait des cicatrices comme un vieux soldat. L'opulence et la misère s'accouplaient naïvement dans le lit, sur les murs, partout.

C'était une chambre de joueur ou de mauvais sujet dont le luxe est tout personnel, qui vit de sensations, et des incohérences ne se soucie guère.

J'étais presque assoupi quand, d'un coup de pied, Rastignac enfonça la porte de sa chambre, et s'écria :

– Victoire ! nous pourrons mourir à notre aise !

Il me montra son chapeau plein d'or, le mit sur la table, et nous dansâmes autour comme deux cannibales ayant une proie à manger, hurlant, trépignant, sautant, nous donnant des coups de poing à tuer un rhinocéros, et chantant à l'aspect de tous les plaisirs du monde contenus pour nous dans ce chapeau.

– Vingt-sept mille francs, répétait Rastignac en ajoutant quelques billets de banque au tas d'or. À d'autres cet argent suffirait pour vivre, mais nous suffira-t-il pour mourir? Oh! oui, nous expirerons dans un bain d'or. Hourra!

Et nous cabriolâmes derechef. Nous partageâmes en héritiers, pièce à pièce, commençant par les doubles napoléons, allant des grosses pièces aux petites, et distillant notre joie en disant long-temps:

– À toi.

– À moi.

Le lendemain, j'achetai des meubles chez Lesage, je louai l'appartement où tu m'as connu, rue Taitbout, et chargeai le meilleur tapissier de le décorer. J'eus des chevaux. Je me lançai dans un tourbillon de plaisirs creux et réels tout à la fois. Je jouais, gagnais et perdais tour à tour d'énormes sommes, mais au bal, chez nos amis; jamais dans les maisons de jeu pour lesquelles je conservai ma sainte et primitive horreur.

Insensiblement je me fis des amis. Je hasardai quelques compositions littéraires qui me valurent des compliments. Les grands hommes de la littérature marchande, ne voyant point en moi de rival à craindre, me vantèrent, moins sans doute pour mon mérite personnel que pour chagriner celui de leurs camarades.

Je devins un viveur, pour me servir de l'expression pittoresque consacrée par votre langage d'orgie. Je mettais de l'amour-propre à me tuer promptement, à écraser les plus gais compagnons par ma verve et par ma puissance. J'étais toujours frais, élégant. Je passais pour spirituel.

Bientôt la débauche m'apparut dans toute la majesté de son horreur, et je la compris !

La débauche est une perpétuelle étreinte de toute la vie, ou mieux, un duel avec une puissance inconnue, avec un monstre : d'abord le monstre épouvante, il faut l'attaquer par les cornes, c'est des fatigues inouïes ; la nature vous a donné je ne sais quel estomac étroit ou paresseux ? vous le domptez, vous l'élargissez, vous apprenez à porter le vin, vous apprivoisez l'ivresse, vous passez les nuits sans sommeil, vous vous faites enfin un tempérament de colonel de cuirassiers, en vous créant vous-même une seconde fois, comme pour fronder Dieu !

Réalisant ces fabuleux personnages qui, selon les légendes, ont vendu leur âme au diable pour en obtenir la puissance de mal faire, le dissipateur a troqué sa mort contre toutes les jouissances de la vie, mais abondantes, mais fécondes ! Au lieu de couler longtemps entre deux rives monotones, au fond d'un comptoir ou d'une étude, l'existence bouillonne et fuit comme un torrent.

XXXII

Enfin, j'épuisai facilement mon trésor ; mais trois années de régime m'avaient constitué la plus robuste de toutes les santés, et le jour où je me trouvais sans argent, je me portais à merveille. Pour continuer de mourir, je signai des lettres de change à courte échéance, et le jour du paiement arriva.

La veille de l'échéance, je m'étais couché dans ce calme faux des gens qui dorment avant leur exécution, avant un duel, ils se laissent toujours bercer par une menteuse espérance. Mais en me réveillant, quand je fus de sang-froid, mes dettes jaillirent partout comme des sauterelles ; elles étaient dans ma pendule, sur mes fauteuils, ou incrustées dans les meubles desquels je me servais avec le plus de plaisir.

Oui, pour un homme généreux, une dette est l'enfer, mais l'enfer avec des huissiers et des agents d'affaires. Une dette impayée est la bassesse, un commencement de friponnerie, et pis que tout cela, un mensonge ! elle ébauche des crimes, elle assemble les madriers de l'échafaud.

XXXIII

Mes lettres de change furent protestées[1]. Trois jours après je les payai ; voici comment. Un spéculateur vint me proposer de lui vendre l'île que je possédais dans la Loire et où était le tombeau de ma mère. J'acceptai. En signant le contrat chez le notaire de mon acquéreur, je sentis au fond de l'étude obscure une fraîcheur semblable à celle d'une cave. Il me semblait entendre la voix de ma mère et voir son ombre.

Le prix de mon île me laissa, toutes dettes payées, deux mille francs.

Certes, j'eusse pu revenir à la paisible existence du savant, retourner à ma mansarde après avoir expérimenté la vie, y revenir la tête pleine d'observations immenses et jouissant déjà d'une espèce de réputation. Mais Fœdora n'avait pas lâché sa proie. Nous nous étions souvent trouvés en présence. Je lui faisais corner mon nom aux oreilles par ses amants étonnés de mon esprit, de mes chevaux, de mes succès, de mes équipages. Elle restait froide et insensible à tout, même à cette horrible phrase : « Il se tue pour vous ! » dite par Rastignac.

1. La lettre de change est une reconnaissance de dette stipulant une échéance de paiement. Si le débiteur ne paie pas sa dette à l'échéance, la lettre de change peut être « protestée », c'est-à-dire qu'un huissier de justice en constate le non-paiement.

Je chargeais le monde entier de ma vengeance, mais je n'étais pas heureux! En creusant ainsi la vie jusqu'à la fange, j'avais toujours senti davantage les délices d'un amour partagé, j'en poursuivais le fantôme à travers les hasards de mes dissipations, au sein des orgies.

Fœdora m'avait communiqué la lèpre de sa vanité. En sondant mon âme, je la trouvai gangrenée, pourrie. Il m'était désormais impossible de me passer des tressaillements continuels d'une vie à tout moment risquée, et des exécrables raffinements de la richesse. Riche à millions, j'aurais toujours joué, mangé, couru. Je ne voulais plus rester seul avec moi-même. J'avais besoin de courtisanes, de faux amis, de vin, de bonne chère pour m'étourdir. Les liens qui attachent un homme à la famille étaient brisés en moi pour toujours. Galérien du plaisir, je devais accomplir ma destinée de suicide.

Pendant les derniers jours de ma fortune, je fis chaque soir des excès incroyables; mais, chaque matin, la mort me rejetait dans la vie. Enfin je me trouvai seul avec une pièce de vingt francs...

– Hé! hé! s'écria-t-il en pensant tout à coup à son talisman qu'il tira de sa poche. (Raphaël s'anima, s'exalta comme un homme complètement privé de raison.) Au diable la mort! s'écria-t-il en brandissant la peau. Je veux vivre maintenant! Je suis riche, j'ai toutes les vertus. Rien ne me résistera. J'ai souhaité deux cent mille livres de rente, je les aurai. Saluez-moi, pourceaux qui vous vautrez sur ces tapis comme sur du fumier ! Je suis riche, je peux vous acheter tous, même le député qui ronfle là. Allons, canaille de la haute société, bénissez-moi ! Je suis pape. Émile, j'ai des trésors, je te donnerai des cigares de La Havane. Ah ! tu dormais, sournois ? Réveille-toi, s'écria Raphaël en frappant Émile avec la peau de chagrin comme s'il voulait en tirer du fluide électrique.

– Tonnerre ! dit Émile en se levant et en saisissant Raphaël à bras-le-corps, mon ami, songe donc que tu es avec des femmes de mauvaise vie.

– Je suis millionnaire.

– Si tu n'es pas millionnaire, tu es bien certainement ivre.

– Ivre du pouvoir. Je peux te tuer ! Silence, je suis Néron ! je suis Nabuchodonosor ! Maintenant, je vais me venger du monde entier. Je ne m'amuserai pas à dissiper de vils écus, j'imiterai, je résumerai mon époque en consommant des vies humaines, et des intelligences, des âmes. Je puis avoir Fœdora. Mais non, je ne veux pas de Fœdora, c'est ma maladie, je meurs de Fœdora ! Je veux oublier Fœdora.

– Si tu continues à crier, je t'emporte dans la salle à manger.

– Vois-tu cette peau ? c'est le testament de Salomon. Il est à moi, Salomon, ce petit cuistre de roi ! Tu es à moi, si je veux. Je peux acheter toute ta boutique de journaliste, tu seras mon valet.

À ce mot, Émile emporta Raphaël dans la salle à manger.

– Eh bien ! oui, mon ami, lui dit-il, je suis ton valet. Mais tu vas être rédacteur en chef d'un journal, tais-toi ! sois décent, par considération pour moi ! M'aimes-tu ?

– Si je t'aime ! Tu auras des cigares de La Havane, avec cette peau. Toujours la peau, mon ami, la peau souveraine !

– Jamais je ne l'ai vu si stupide.

– Stupide, mon ami ? Non. Cette peau se rétrécit quand j'ai un désir... Je peux te le prouver. Prenons la mesure.

Valentin, animé d'une adresse de singe, sut trouver une écritoire et une serviette, en répétant toujours :

– Prenons la mesure ! Prenons la mesure !

– Eh bien ! oui, reprit Émile, prenons la mesure !

Les deux amis étendirent la serviette et y superposèrent la peau de chagrin. Émile, dont la main semblait être plus assurée que celle de Raphaël, décrivit à la plume, par une ligne d'encre, les contours du talisman, pendant que son ami lui disait :

– J'ai souhaité deux cent mille livres de rente, n'est-il pas vrai ? Eh bien ! quand je les aurai, tu verras la diminution de tout mon chagrin.

– Oui, maintenant dors. Veux-tu que je t'arrange sur ce canapé ? Allons, cuve ton or, millionnaire.

Bientôt les deux amis unirent leurs ronflements à la musique qui retentissait dans les salons. La nuit enveloppa d'un crêpe cette longue orgie dans laquelle le récit de Raphaël avait été comme une orgie de paroles, de mots sans idées, et d'idées auxquelles les expressions avaient souvent manqué.

XXXIV

Le lendemain, vers midi, la belle Aquilina se leva, bâillant, fatiguée, et les joues marbrées par les empreintes du tabouret en velours peint sur lequel sa tête avait reposé.

Euphrasie, réveillée par le mouvement de sa compagne, se dressa tout à coup en jetant un cri rauque; sa jolie figure, si blanche, si fraîche la veille, était jaune et pâle comme celle d'une fille allant à l'hôpital.

Insensiblement les convives se remuèrent en poussant des gémissements sinistres, ils se sentirent les bras et les jambes raidis, mille fatigues diverses les accablèrent à leur réveil.

Un valet vint ouvrir les persiennes et les fenêtres des salons. L'assemblée se trouva sur pied, rappelée à la vie par les chauds rayons du soleil qui pétilla sur les têtes des dormeurs.

Les femmes frappées par l'éclat du jour présentèrent un hideux spectacle: leurs cheveux pendaient sans grâce, leurs physionomies avaient changé d'expression, leurs yeux si brillants étaient ternis par la lassitude.

Les hommes reniaient leurs maîtresses nocturnes à les voir ainsi décolorées, cadavéreuses comme des fleurs écrasées dans une rue après le passage des processions.

Ces hommes dédaigneux étaient plus horribles encore. Ces visages hâves où paraissaient à nu les appétits physiques sans la poésie dont les décore notre âme, avaient je ne sais quoi de féroce et de froidement bestial.

Artistes et courtisanes gardèrent le silence en examinant d'un œil hagard le désordre de l'appartement où tout avait été dévasté, ravagé par le feu des passions.

C'était le réveil de la débauche, quand de ses mains fortes elle a pressé tous les fruits de la vie, pour ne laisser autour d'elle que d'ignobles débris.

En ce moment, Émile, frais et rose comme le plus joli des commis-marchands d'une boutique en vogue, apparut en riant.

– Vous êtes plus laids que des recors! s'écria-t-il. Vous ne pourrez rien faire aujourd'hui; la journée est perdue, m'est avis de déjeuner.

À ces mots, Taillefer sortit pour donner des ordres. Les femmes allèrent languissamment rétablir le désordre de leurs toilettes devant les glaces. Chacun se secoua. En un moment, ces spectres s'animèrent, formèrent des groupes, s'interrogèrent et sourirent.

Quelques valets habiles et lestes remirent promptement les meubles et chaque chose en sa place.

Un déjeuner splendide fut servi.

Les convives se ruèrent alors dans la salle à manger.

Au moment où cette intrépide assemblée borda la table du capitaliste, Cardot, qui, la veille, avait disparu prudemment après le dîner, pour finir son orgie dans le lit conjugal, montra sa figure officieuse sur laquelle errait un doux sourire.

– Oh ! oh ! nous allons déjeuner par-devant notaire !

– Ah ! ah !

– Un instant, répliqua Cardot assourdi par un chœur de mauvaises plaisanteries, je viens ici pour affaire sérieuse. J'apporte six millions à l'un de vous. (Silence profond.) Monsieur, dit-il en s'adressant à Raphaël, qui, dans ce moment, s'occupait sans cérémonie à s'essuyer les yeux avec un coin de sa serviette, madame votre mère n'était-elle pas une demoiselle O'Flaharty ?

– Oui, répondit Raphaël assez machinalement.

– Eh bien ! monsieur, vous êtes seul et unique héritier du major O'Flaharty, décédé en août 1828, à Calcutta.

En ce moment, Raphaël se leva soudain en laissant échapper le mouvement brusque d'un homme qui reçoit une blessure. Il se fit comme une acclamation silencieuse, le premier sentiment des convives fut dicté par une sourde envie, tous les yeux se tournèrent vers lui comme autant de flammes. Puis, un murmure, semblable à celui d'un parterre qui se courrouce, une rumeur d'émeute commença, grossit, et chacun dit un mot pour saluer cette fortune immense apportée par le notaire.

Rendu à toute sa raison par la brusque obéissance du sort, Raphaël étendit promptement sur la table la serviette avec laquelle il avait mesuré naguère la peau de chagrin. Sans rien écouter, il y superposa le talisman, et frissonna violemment en voyant une petite distance entre le contour tracé sur le linge et celui de la peau.

Une horrible pâleur dessina tous les muscles de la figure flétrie de cet héritier, ses traits se contractèrent, les saillies de son visage blanchirent, les creux devinrent sombres, le masque fut livide, et les yeux se fixèrent.

Il voyait la MORT.

Raphaël regarda trois fois le talisman qui jouait à l'aise dans les impitoyables lignes imprimées sur la serviette, il essayait de douter ; mais un clair pressentiment anéantissait son incrédulité. Le monde lui appartenait, il pouvait tout et ne voulait plus rien.

Comme un voyageur au milieu du désert, il avait un peu d'eau pour la soif et devait mesurer sa vie au nombre des gorgées. Il voyait ce que chaque désir devait lui coûter de jours. Puis il croyait à la peau de chagrin, il s'écoutait respirer, il se sentait déjà malade.

– Ah ! ah ! Raphaël, vous allez bien vous amuser ! Que me donnerez-vous ? disait Aquilina.

– Buvons à la mort de son oncle, le major Martin O'Flaharty ! Voilà un homme.

– J'espère que vous nous régalerez tous.

– Un homme comme lui sait faire grandement les choses, dit Émile.

Le hourra de cette assemblée rieuse résonnait aux oreilles de Valentin sans qu'il pût saisir le sens d'un seul mot.

Le spectacle offert en ce moment à ses regards, ces lambris dorés, ces courtisanes, ce repas, ce luxe, le prenaient à la gorge et le faisaient tousser.

– Désirez-vous des asperges ? lui cria le banquier.

– Je ne désire rien, lui répondit Raphaël d'une voix tonnante.

– Bravo ! répliqua Taillefer. Vous comprenez la fortune. Messieurs, buvons à la puissance de l'or. M. de Valentin devenu six fois millionnaire arrive au pouvoir. Il est roi, il peut tout, il est au-dessus de tout, comme sont tous les riches. Il n'obéira pas aux lois, les lois lui obéiront. Il n'y a pas d'échafaud, pas de bourreaux pour les millionnaires !

– Oui, ils sont eux-mêmes leurs bourreaux ! Buvons, dit Raphaël en mettant le talisman dans sa poche.

– Que fais-tu là ? dit Émile en lui arrêtant la main. Messieurs, ajouta-t-il en s'adressant à l'assemblée, apprenez que notre ami de Valentin, que dis-je ? MONSIEUR LE MARQUIS DE VALENTIN, possède un secret pour faire fortune. Ses souhaits sont accomplis au moment même où il les forme. À moins de passer pour un laquais, pour un homme sans cœur, il va nous enrichir tous.

– Ah ! mon petit Raphaël, je veux une parure de perles ! s'écria Euphrasie.

– S'il est reconnaissant, il me donnera deux voitures attelées de beaux chevaux et qui aillent vite ! dit Aquilina.

– Souhaitez cent mille livres de rente pour moi.

– Payez mes dettes !

– Raphaël, je te tiens quitte à dix mille livres de rente.

– Il devrait bien me guérir de la goutte.

Toutes ces phrases partirent comme les gerbes du bouquet qui termine un feu d'artifice. Ces furieux désirs étaient peut-être plus sérieux que plaisants.

– Mon cher ami, dit Émile d'un air grave, je me contenterai de deux cent mille livres de rente, exécute-toi de bonne grâce, allons !

– Émile, dit Raphaël, tu ne sais donc pas à quel prix ?

– Belle excuse ! s'écria le poète. Ne devons-nous pas nous sacrifier pour nos amis ?

– J'ai presque envie de souhaiter votre mort à tous, répondit Valentin en jetant un regard sombre et profond sur les convives.

– Les mourants sont furieusement cruels, dit Émile en riant. Te voilà riche, ajouta-t-il sérieusement, eh bien ! je ne te donne pas deux mois pour devenir fangeusement égoïste. Tu es déjà stupide, tu ne comprends pas une plaisanterie. Il ne te manque plus que de croire à ta peau de chagrin.

Raphaël, qui craignit les moqueries de cette assemblée, garda le silence, but outre mesure et s'enivra pour oublier un moment sa funeste puissance.

L'AGONIE

XXXV

Dans les premiers jours du mois de décembre, un vieillard septuagénaire frappa doucement à la porte d'un magnifique hôtel.

– M. Raphaël y est-il ? demanda le bonhomme à un suisse en livrée.

– M. le marquis ne reçoit personne, répondit le valet en avalant une énorme mouillette qu'il retirait d'un large bol de café.

– Sa voiture est là, répondit le vieil inconnu en montrant un brillant équipage arrêté sous le dais de bois. Il va sortir, je l'attendrai.

– Ah ! mon ancien, vous pourriez bien rester ici jusqu'à demain matin, reprit le suisse. Il y a toujours une voiture prête pour Monsieur. Mais sortez, je vous prie, je perdrais six cents francs de rente viagère si je laissais une seule fois entrer sans ordre une personne étrangère à l'hôtel.

En ce moment, un grand vieillard dont le costume ressemblait assez à celui d'un huissier ministériel sortit du vestibule et descendit précipitamment quelques marches en examinant le vieux solliciteur ébahi.

– Au surplus, voici M. Jonathas, dit le suisse. Parlez-lui.

Les deux vieillards se rencontrèrent au milieu de la vaste cour d'honneur. Un silence effrayant régnait dans cet hôtel. En voyant Jonathas, vous eussiez voulu pénétrer le mystère qui planait sur sa figure, et dont parlaient les moindres choses dans cette maison morne.

Le premier soin de Raphaël, en recueillant l'immense succession de son oncle, avait été de découvrir où vivait le vieux serviteur dévoué sur l'affection duquel il pouvait compter. Jonathas pleura de joie en revoyant son jeune maître auquel il croyait avoir dit un éternel adieu; mais rien n'égala son bonheur quand le marquis le promut aux éminentes fonctions d'intendant.

Le vieux Jonathas devint une puissance intermédiaire placée entre Raphaël et le monde entier. Il était comme un sixième sens à travers lequel les émotions de la vie arrivaient à Raphaël.

– Monsieur, je désirerais parler à M. Raphaël, dit le vieillard à Jonathas en montant quelques marches du perron pour se mettre à l'abri de la pluie.

– Parler à M. le marquis! s'écria l'intendant. À peine m'adresse-t-il la parole, à moi son père nourricier.

– Mais je suis aussi son père nourricier! s'écria le vieil homme. J'ai façonné sa cervelle, cultivé son entendement, développé son génie. Je l'ai eu, sous moi, en sixième, en troisième et en rhétorique. Je suis son professeur.

– Ah! Monsieur est M. Porriquet.

– Précisément. Mais monsieur…

– Chut, chut! fit Jonathas à deux marmitons dont les voix rompaient le silence claustral dans lequel la maison était ensevelie.

– M. le marquis serait-il malade ?

– Mon cher monsieur, répondit Jonathas, Dieu seul sait ce qui tient mon maître. Voyez-vous, il n'existe pas à Paris deux maisons semblables à la nôtre. Entendez-vous ? deux maisons. Ma foi, non. M. le marquis a fait acheter cet hôtel qui appartenait précédemment à un duc et pair. Il a dépensé trois cent mille francs pour le meubler. Voyez-vous ? c'est une somme, trois cent mille francs.

« Bon ! me suis-je dit en voyant cette magnificence, le jeune marquis va recevoir la ville et la Cour ! Point. Monsieur n'a voulu voir personne. Il mène une drôle de vie, monsieur Porriquet, entendez-vous ?

« Il n'y a que moi, moi seul, voyez-vous ? qui puisse entrer dans sa chambre. J'ouvre à sept heures, été comme hiver. Étant entré, je lui dis : "Monsieur le marquis, il faut vous réveiller et vous habiller." Il se réveille et s'habille. Je dois lui donner sa robe de chambre, toujours faite de la même façon et de la même étoffe. Il lit les journaux. Ordre de les mettre au même endroit, sur la même table. Je viens aussi, à la même heure, lui faire moi-même la barbe et je ne tremble pas. Le cuisinier perdrait mille écus de rente viagère qui l'attendent après la mort de Monsieur, si le déjeuner ne se trouvait pas inconciliablement servi devant Monsieur, à dix heures, tous les matins, et le dîner à cinq heures précises. Le menu est dressé pour l'année entière, jour par jour. M. le marquis n'a rien à souhaiter. Le programme est imprimé, il sait le matin son dîner par cœur. Pour lors, il s'habille à la même heure avec les mêmes habits, le même linge, posés toujours par moi, entendez-vous? sur le même fauteuil. Je dois encore veiller à ce qu'il ait toujours le même drap; en cas de besoin, si sa redingote s'abîme, une supposition, la remplacer par une autre, sans lui en dire un mot.

«S'il fait beau, j'entre et je dis à mon maître: "Vous devriez sortir, Monsieur?" Il me répond oui, ou non. S'il a idée de se promener, il n'attend pas ses chevaux, ils sont toujours attelés; le cocher reste inconciliablement, fouet en main, comme vous le voyez là.

«Le soir, après le dîner, Monsieur va un jour à l'Opéra et l'autre aux Ital... mais non, il n'est pas encore allé aux Italiens, je n'ai pu me procurer une loge qu'hier. Puis, il rentre à onze heures précises pour se coucher.

«Pendant les intervalles de la journée où il ne fait rien, il lit, il lit toujours, voyez-vous? une idée qu'il a. J'ai ordre de lire avant lui le *Journal de la librairie*, afin d'acheter des livres nouveaux, afin qu'il les trouve le jour même de leur vente sur sa cheminée.

«J'ai la consigne d'entrer d'heure en heure chez lui, pour veiller au feu, à tout, pour voir à ce que rien ne lui manque; il m'a donné, monsieur, un petit livre à apprendre par cœur, et où sont écrits tous mes devoirs, un vrai catéchisme. En été, je dois, avec des tas de glace, maintenir la température au même degré de fraîcheur, et mettre en tous temps des fleurs nouvelles partout. Il est riche! il a mille francs à manger par jour, il peut faire ses fantaisies. Il a été privé assez longtemps du nécessaire, le pauvre enfant! Il ne tourmente personne, il est bon comme le bon pain, jamais il ne dit mot, mais, par exemple, silence complet à l'hôtel et dans le jardin ! Enfin, mon maître n'a pas un seul désir à former, tout marche au doigt et à l'œil, et *recta* ! Et il a raison, si l'on ne tient pas les domestiques, tout va à la débandade.

« Je lui dis tout ce qu'il doit faire, et il m'écoute. Vous ne sauriez croire à quel point il a poussé la chose. Ses appartements sont... en... en comment donc ? ah ! en enfilade. Eh bien ! il ouvre, une supposition, la porte de sa chambre ou de son cabinet, crac ! toutes les portes s'ouvrent d'elles-mêmes par un mécanisme. Pour lors, il peut aller d'un bout à l'autre de sa maison sans trouver une seule porte fermée.

« Enfin, finalement, monsieur Porriquet, il m'a dit : "Jonathas, tu penseras à mes besoins, pour moi." Je suis le maître, entendez-vous ? et il est quasiment le domestique. Le pourquoi ? Ah ! par exemple, voilà ce que personne au monde ne sait que lui et le bon Dieu. C'est inconciliable !

– Tout me prouve, Jonathas, reprit le professeur avec une gravité magistrale qui imprima un profond respect au vieux valet de chambre, que votre maître s'occupe d'un grand ouvrage. Il est plongé dans de vastes méditations, et ne veut pas en être distrait par les préoccupations de la vie vulgaire. Au milieu de ses travaux intellectuels, un homme de génie oublie tout. Je vais aller le voir, ce cher enfant, je peux lui être utile.

– Minute ! s'écria Jonathas. Vous seriez le roi de France, l'ancien, s'entend ! que vous n'entreriez pas à moins de forcer les portes et de me marcher sur le corps. Mais, monsieur Porriquet, je cours lui dire que vous êtes là, et je lui demanderai comme ça : « Faut-il le faire monter ? » Il répondra *oui* ou *non*. Jamais je ne lui dis : *Souhaitez-vous ? voulez-vous ? désirez-vous ?* Ces mots-là sont rayés de la conversation. Une fois il m'en est échappé un. « Veux-tu me faire mourir ? » m'a-t-il dit, tout en colère.

Jonathas laissa le vieux professeur dans le vestibule, en lui faisant signe de ne pas avancer ; mais il revint promptement avec une réponse favorable, et conduisit le vieil émérite à travers de somptueux appartements dont toutes les portes étaient ouvertes.

XXXVI

Porriquet aperçut de loin son élève au coin d'une cheminée. Enveloppé d'une robe de chambre à grands dessins, et plongé dans un fauteuil à ressorts, Raphaël lisait le journal. L'extrême mélancolie à laquelle il paraissait être en proie était exprimée par l'attitude maladive de son corps affaissé ; elle était peinte sur son front, sur son visage pâle comme une fleur étiolée. Cependant, la faiblesse générale de son jeune corps était démentie par des yeux bleus où toute la vie semblait s'être retirée, où brillait un sentiment extraordinaire qui saisissait tout d'abord. Ce regard faisait mal à voir. Les uns pouvaient y lire du désespoir ; d'autres, y deviner un combat intérieur, aussi terrible qu'un remords.

C'était le coup d'œil profond de l'impuissant qui refoule ses désirs au fond de son cœur, ou celui de l'avare jouissant par la pensée de tous les plaisirs que son argent pourrait lui procurer, et s'y refusant pour ne pas amoindrir son trésor. Véritable regard de conquérant et de damné ! et, mieux encore, le regard que, plusieurs mois auparavant, Raphaël avait jeté sur la Seine ou sur sa dernière pièce d'or mise au jeu.

Il soumettait sa volonté, son intelligence, au grossier bon sens d'un vieux paysan à peine civilisé par une domesticité de cinquante années. Presque joyeux de devenir une sorte d'automate, il abdiquait la vie pour vivre, et dépouillait son âme de toutes les poésies du désir.

Le lendemain du jour où, soudainement enrichi par un testament, il avait vu décroître la peau de chagrin, il s'était trouvé chez son notaire. Là, un médecin assez en vogue avait raconté sérieusement, au dessert, la manière dont un Suisse attaqué de pulmonie s'en était guéri. Cet homme n'avait pas dit un mot pendant dix ans, et s'était soumis à ne respirer que six fois par minute dans l'air épais d'une vacherie, en suivant un régime alimentaire extrêmement doux.

«Je serai cet homme!» se dit en lui-même Raphaël, qui voulait vivre à tout prix.

Quand le vieux professeur envisagea ce jeune cadavre, il tressaillit.

En apercevant le marquis à l'œil dévorant, au front chargé de pensées, il ne put reconnaître l'élève au teint frais et rose, aux membres juvéniles, dont il avait gardé le souvenir.

– Bonjour, père Porriquet, dit Raphaël à son professeur en pressant les doigts glacés du vieillard dans une main brûlante et moite. Comment vous portez-vous?

– Mais moi je vais bien, répondit le vieillard effrayé par le contact de cette main fiévreuse. Et vous?

– Oh! j'espère me maintenir en bonne santé.

– Vous travaillez sans doute à quelque bel ouvrage?

– Non, répondit Raphaël. J'ai dit adieu pour toujours à la science. À peine sais-je où se trouve mon manuscrit.

– Le style en est pur, sans doute ? demanda le professeur. Vous n'aurez pas, j'espère, adopté le langage barbare de cette nouvelle école qui croit faire merveille en inventant Ronsard[1]. Un style clair, harmonieux, la langue de M. de Buffon, du grand Racine, un style classique, enfin, ne gâte jamais rien. Mais, mon ami, reprit le professeur en s'interrompant, j'oubliais l'objet de ma visite. C'est une visite intéressée.

Se rappelant trop tard la verbeuse élégance et les éloquentes périphrases auxquelles un long professorat avait habitué son maître, Raphaël se repentit presque de l'avoir reçu ; mais au moment où il allait souhaiter de le voir dehors, il comprima promptement son secret désir en jetant un furtif coup d'œil à la peau de chagrin, suspendue devant lui et appliquée sur une étoffe blanche où ses contours fatidiques étaient soigneusement dessinés par une ligne rouge qui l'encadrait exactement.

Depuis la fatale orgie, Raphaël étouffait le plus léger de ses caprices, et vivait de manière à ne pas causer le moindre tressaillement à ce terrible talisman. La peau de chagrin était comme un tigre avec lequel il lui fallait vivre, sans en réveiller la férocité.

Il écouta donc patiemment les amplifications du vieux professeur, le père Porriquet mit une heure à lui

1. Oublié pendant deux siècles, Pierre de Ronsard fut redécouvert par Sainte-Beuve dans son *Tableau historique et critique de la poésie française et du théâtre français au XVIe siècle* (1828) et célébré par les romantiques, que ne goûte apparemment pas le très classique père Porriquet.

raconter les persécutions dont il était devenu l'objet depuis la révolution de Juillet.

Un des ministres populaires du roi-citoyen[1] l'avait banni de sa chaire en l'accusant de carlisme[2]. Le vieillard se trouvait sans place, sans retraite et sans pain. Il venait prier son ancien élève de réclamer auprès du nouveau ministre, non sa réintégration, mais l'emploi de proviseur dans quelque collège de province.

Raphaël était en proie à une somnolence invincible, lorsque la voix monotone du bonhomme cessa de retentir à ses oreilles.

– Eh bien ! mon bon père Porriquet, répliqua-t-il sans savoir précisément à quelle interrogation il répondait, je n'y puis rien, rien du tout. *Je souhaite bien vivement* que vous réussissiez...

En ce moment, sans apercevoir l'effet que produisirent sur le front jaune et ridé du vieillard ces banales paroles, pleines d'égoïsme et d'insouciance, Raphaël se dressa comme un jeune chevreuil effrayé. Il vit une légère ligne blanche entre le bord de la peau noire et le dessin rouge ; il poussa un cri si terrible que le pauvre professeur en fut épouvanté.

– Allez, vieille bête ! s'écria-t-il, vous serez nommé proviseur ! Ne pouviez-vous pas me demander une rente viagère de mille écus plutôt qu'un souhait homicide ? Votre visite ne m'aurait rien coûté. Il y a cent mille emplois en France, et je n'ai qu'une vie !

1. Voir note 1, p. 31.

2. Partisan du retour sur le trône de la branche aînée des Bourbons et de Charles X, renversé lors des Trois Glorieuses.

Une vie d'homme vaut plus que tous les emplois du monde. Jonathas!

Jonathas parut.

– Voilà de tes œuvres, triple sot, pourquoi m'as-tu proposé de recevoir monsieur? dit-il en lui montrant le vieillard pétrifié. Tu m'arraches en ce moment dix années d'existence! Encore une faute comme celle-ci, et tu me conduiras à la demeure où j'ai conduit mon père. N'aurais-je pas mieux aimé posséder la belle Fœdora que d'obliger cette vieille carcasse, espèce de haillon humain? J'ai de l'or pour lui. D'ailleurs, quand tous les Porriquet du monde mourraient de faim, qu'est-ce que cela me ferait?

La colère avait blanchi le visage de Raphaël; une légère écume sillonnait ses lèvres tremblantes, et l'expression de ses yeux était sanguinaire. À cet aspect, les deux vieillards furent saisis d'un tressaillement convulsif, comme deux enfants en présence d'un serpent.

Le jeune homme tomba sur son fauteuil; il se fit une sorte de réaction dans son âme, des larmes coulèrent abondamment de ses yeux flamboyants.

– Oh! ma vie! ma belle vie! dit-il. Plus de bienfaisantes pensées! plus d'amour! plus rien! (Il se tourna vers le professeur.) Le mal est fait, mon vieil ami, reprit-il d'une voix douce. Je vous aurai largement récompensé de vos soins. Et mon malheur aura, du moins, produit le bien d'un bon et digne homme. Vous recevrez demain ou après-demain, peut-être même ce soir, votre nomination. Adieu.

Le vieillard se retira, pénétré d'horreur et en proie à de vives inquiétudes sur la santé morale de Valentin.

– Écoute, Jonathas, reprit le jeune homme en s'adressant à son vieux serviteur. Tâche de comprendre la mission que je t'ai confiée !

– Oui, monsieur le marquis.

– Toutes les jouissances de la vie se jouent autour de mon lit de mort et dansent comme de belles femmes devant moi ; si je les appelle, je meurs. Toujours la mort ! Tu dois être une barrière entre le monde et moi.

– Oui, monsieur le marquis, dit le vieux valet en essuyant les gouttes de sueur qui chargeaient son front ridé. Mais, si vous ne voulez pas voir de belles femmes, comment ferez-vous ce soir aux Italiens ? Une famille anglaise qui repart pour Londres m'a cédé le reste de son abonnement, et vous avez une belle loge. Oh ! une loge superbe, aux premières.

Tombé dans une profonde rêverie, Raphaël n'écoutait plus.

XXXVII

Voyez-vous cette fastueuse voiture, ce coupé simple en dehors, de couleur brune, mais sur les panneaux duquel brille l'écusson d'une antique et noble famille ? Deux laquais en livrée se tiennent derrière cette voiture aristocratique ; mais au fond, sur la soie, gît une tête brûlante aux yeux cernés, la tête de Raphaël, triste et pensif. Fatale image de la richesse ! Il court à travers Paris comme une fusée, arrive au péristyle du théâtre Favart, le marchepied se déploie, ses deux valets le soutiennent, une foule envieuse le regarde.

– Qu'a-t-il fait celui-là pour être si riche ? dit un pauvre étudiant en droit, qui, faute d'un écu, ne pouvait entendre les magiques accords de Rossini.

Raphaël marchait lentement dans les corridors de la salle, il ne se promettait aucune jouissance de ces plaisirs si fort enviés jadis. En attendant le second acte de la *Semiramide*[1], il se promenait au foyer, errait à travers les galeries, insouciant de sa loge dans laquelle il n'était pas encore entré. Semblable à tous les malades, il ne songeait qu'à son mal.

Appuyé sur le manteau de la cheminée, autour de laquelle abondaient, au milieu du foyer, les jeunes et vieux élégants, d'anciens et de nouveaux ministres,

1. Opéra en deux actes de Rossini.

enfin tout un monde de spéculateurs et de journalistes, Raphaël vit à quelques pas de lui, parmi toutes les têtes, une figure étrange et surnaturelle. Il s'avança en clignant les yeux fort insolemment vers cet être bizarre, afin de le contempler de plus près.

Les sourcils, les cheveux, la virgule à la Mazarin[1] que montrait vaniteusement l'inconnu, étaient teints en noir; mais, appliqué sur une chevelure sans doute trop blanche, le cosmétique avait produit une couleur violâtre et fausse dont les teintes changeaient suivant les reflets plus ou moins vifs des lumières. Son visage étroit et plat, dont les rides étaient comblées par d'épaisses couches de rouge et de blanc, exprimait à la fois la ruse et l'inquiétude.

En examinant tour à tour ce vieil Adonis et Raphaël, un observateur aurait cru reconnaître dans le marquis les yeux d'un jeune homme sous le masque d'un vieillard, et dans l'inconnu les yeux ternes d'un vieillard sous le masque d'un jeune homme.

Valentin cherchait à se rappeler en quelle circonstance il avait vu ce petit vieux sec, bien cravaté, botté en adulte, qui faisait sonner ses éperons et se croisait les bras comme s'il avait toutes les forces d'une pétulante jeunesse à dépenser.

Il reconnut le marchand de curiosités, l'homme auquel il devait son malheur.

En ce moment, un rire muet échappait à ce fantastique personnage, et se dessinait sur ses lèvres froides,

1. Moustache fine et barbiche comme les portait le cardinal de Mazarin.

tendues par un faux râtelier. À ce rire, la vive imagination de Raphaël lui montra dans cet homme de frappantes ressemblances avec la tête idéale que les peintres ont donnée au Méphistophélès de Goethe.

Mille superstitions s'emparèrent de l'âme forte de Raphaël, il crut alors à la puissance du démon. Se refusant avec horreur au sort de Faust, il invoqua soudain le ciel, ayant, comme les mourants, une foi fervente en Dieu, en la Vierge Marie.

Quand ses yeux retombèrent sur le foyer des Italiens, au lieu de la Vierge, il vit une ravissante fille, la détestable Euphrasie, cette danseuse au corps souple et léger, qui, vêtue d'une robe éclatante, couverte de perles orientales, arrivait impatiente de son vieillard impatient, et venait se montrer, insolente, le front hardi, les yeux pétillants, à ce monde envieux et spéculateur pour témoigner de la richesse sans bornes du marchand dont elle dissipait les trésors.

Raphaël se souvint du souhait goguenard par lequel il avait accueilli le fatal présent du vieux homme, et savoura tous les plaisirs de la vengeance.

Le funèbre sourire du centenaire s'adressait à Euphrasie qui répondit par un mot d'amour; il lui offrit son bras desséché, fit deux ou trois fois le tour du foyer, recueillit avec délices les regards de passion et les compliments jetés par la foule à sa maîtresse, sans voir les rires dédaigneux, sans entendre les railleries mordantes dont il était l'objet.

En ce moment, les spectateurs entendirent la sonnette de rappel et quittèrent le foyer pour se rendre à leurs places.

En entrant dans sa loge, le marquis aperçut Fœdora, placée à l'autre côté de la salle précisément en face de lui.

Sans doute arrivée depuis peu, la comtesse rejetait son écharpe en arrière, se découvrait le cou, faisait les petits mouvements indescriptibles d'une coquette occupée à se poser : tous les regards étaient concentrés sur elle. Un jeune pair de France l'accompagnait, elle lui demanda la lorgnette qu'elle lui avait donnée à porter. À son geste, à la manière dont elle regarda ce nouveau partenaire, Raphaël devina la tyrannie à laquelle son successeur était soumis.

Fasciné sans doute comme il l'avait été jadis, dupé comme lui, comme lui luttant avec toute la puissance d'un amour vrai contre les froids calculs de cette femme, ce jeune homme devait souffrir les tourments auxquels Valentin avait heureusement renoncé.

Une joie inexprimable anima la figure de Fœdora, quand, après avoir braqué sa lorgnette sur toutes les loges, et rapidement examiné les toilettes, elle eut la conscience d'écraser par sa parure et par sa beauté les plus jolies, les plus élégantes femmes de Paris ; elle se mit à rire pour montrer ses dents blanches, agita sa tête ornée de fleurs pour se faire admirer, son regard alla de loge en loge. Tout à coup elle pâlit en rencontrant les yeux fixes de Raphaël, son amant dédaigné la foudroya par un intolérable coup d'œil de mépris.

Quand aucun de ses amants bannis ne méconnaissait sa puissance, Valentin, seul dans le monde, était à l'abri de ses séductions. Un pouvoir impunément bravé touche à sa ruine. Cette maxime est gravée plus profondément au cœur d'une femme qu'à la tête des rois. Aussi, Fœdora voyait-elle en Raphaël la mort de ses prestiges et de sa coquetterie.

Un mot, dit par lui la veille à l'Opéra, était déjà devenu célèbre dans les salons de Paris. Le tranchant de cette terrible épigramme avait fait à la comtesse une blessure incurable. En France, nous savons cautériser une plaie, mais nous n'y connaissons pas encore de remède au mal que produit une phrase.

Au moment où toutes les femmes regardèrent alternativement le marquis et la comtesse, Fœdora aurait voulu l'abîmer dans les oubliettes de quelque Bastille, car malgré son talent pour la dissimulation, ses rivales devinèrent sa souffrance.

Enfin sa dernière consolation lui échappa.

Ces mots délicieux : «Je suis la plus belle ! », cette phrase éternelle qui calmait tous les chagrins de sa vanité, devint un mensonge.

À l'ouverture du second acte, une femme vint se placer près de Raphaël, dans une loge qui jusqu'alors était restée vide. Le parterre entier laissa échapper un murmure d'admiration. Des conversations animées s'établirent dans chaque loge. Les femmes s'étaient toutes armées de leurs jumelles, les vieillards rajeunis nettoyaient avec la peau de leurs gants le verre de leurs lorgnettes. L'enthousiasme se calma par degrés, les chants retentirent sur la scène, tout rentra dans l'ordre. La bonne compagnie, honteuse d'avoir cédé à un mouvement naturel, reprit la froideur aristocratique de ses manières polies. Les riches veulent ne s'étonner de rien, ils doivent reconnaître au premier aspect d'une belle œuvre le défaut qui les dispensera de l'admiration, sentiment vulgaire.

Cependant quelques hommes restèrent immobiles sans écouter la musique, perdus dans un ravissement naïf, occupés à contempler la voisine de Raphaël.

Valentin aperçut dans une baignoire, et près d'Aquilina, l'ignoble et sanglante figure de Taillefer, qui lui adressait une grimace approbative. Puis il vit Émile, qui, debout à l'orchestre, semblait lui dire : « Mais regarde donc la belle créature qui est près de toi ! »

Enfin Rastignac assis près de Mme de Nucingen[1] et de sa fille, tortillait ses gants comme un homme au désespoir d'être enchaîné là, sans pouvoir aller près de la divine inconnue.

La vie de Raphaël dépendait d'un pacte encore inviolé qu'il avait fait avec lui-même, il s'était promis de ne jamais regarder attentivement aucune femme, et pour se mettre à l'abri d'une tentation, il portait un lorgnon dont le verre microscopique artistement disposé, détruisait l'harmonie des plus beaux traits, en leur donnant un hideux aspect.

Encore en proie à la terreur qui l'avait saisi le matin, quand, pour un simple vœu de politesse, le talisman s'était si promptement resserré, Raphaël résolut fermement de ne pas se retourner vers sa voisine.

Assis comme une duchesse, il présentait le dos au coin de sa loge, et dérobait avec impertinence la moitié de la scène à l'inconnue, ayant l'air de la mépriser,

1. Rastignac est l'amant de Delphine de Nucingen, ex-demoiselle Goriot, depuis *Le Père Goriot*, roman dans lequel leurs deux personnages apparaissent pour la première fois.

d'ignorer même qu'une jolie femme se trouvât derrière lui.

La voisine copiait avec exactitude la posture de Valentin. Ces deux personnes ressemblaient à deux amants brouillés qui se boudent, se tournent le dos et vont s'embrasser au premier mot d'amour.

Par un caprice de la nature, ces deux êtres désunis par le bon ton, séparés par les abîmes de la mort, respirèrent ensemble et pensèrent peut-être l'un à l'autre.

Raphaël se retourna brusquement. Choquée sans doute de se trouver en contact avec un étranger, l'inconnue fit un mouvement semblable; leurs visages, animés par la même pensée, restèrent en présence.

– Pauline!

– Monsieur Raphaël!

Pétrifiés l'un et l'autre, ils se regardèrent un instant en silence.

Raphaël voyait Pauline dans une toilette simple et de bon goût. À travers la gaze qui couvrait chastement son corsage, des yeux habiles pouvaient apercevoir une blancheur de lis et deviner des formes qu'une femme eût admirées.

– Oh! venez demain, dit-elle, venez à l'hôtel Saint-Quentin, y reprendre vos papiers. J'y serai à midi. Soyez exact.

Elle se leva précipitamment et disparut.

Raphaël voulut suivre Pauline, il craignit de la compromettre, resta, regarda Fœdora, la trouva laide; mais ne pouvant comprendre une seule phrase de musique, étouffant dans cette salle, le cœur plein, il sortit et revint chez lui.

XXXVIII

– Je veux être aimé de Pauline ! s'écria-t-il le lendemain en regardant le talisman avec une indéfinissable angoisse.

La peau ne fit aucun mouvement, elle semblait avoir perdu sa force contractile, elle ne pouvait sans doute pas réaliser un désir accompli déjà.

– Ah ! s'écria Raphaël en se sentant délivré comme d'un manteau de plomb qu'il aurait porté depuis le jour où le talisman lui avait été donné, tu mens, tu ne m'obéis pas, le pacte est rompu ! Je suis libre, je vivrai. C'était donc une mauvaise plaisanterie.

En disant ces paroles, il n'osait pas croire à sa propre pensée.

Il se mit aussi simplement qu'il l'était jadis, et voulut aller à pied à son ancienne demeure. Il marchait, voyant, non plus la Pauline de l'hôtel Saint-Quentin, mais la Pauline de la veille, cette maîtresse accomplie, si souvent rêvée, jeune fille spirituelle, aimante, artiste, comprenant les poètes, comprenant la poésie et vivant au sein du luxe ; en un mot Fœdora douée d'une belle âme, ou Pauline comtesse et deux fois millionnaire comme l'était Fœdora.

Quand il se trouva sur le seuil usé, sur la dalle cassée de cette porte où, tant de fois, il avait eu des pensées de désespoir, une vieille femme sortit de la salle et lui dit :

– N'êtes-vous pas monsieur Raphaël de Valentin ?

– Oui, ma bonne mère, répondit-il.

– Vous connaissez votre ancien logement, reprit-elle, vous y êtes attendu.

– Cet hôtel est-il toujours tenu par Mme Gaudin ? demanda-t-il.

– Oh ! non, monsieur. Maintenant Mme Gaudin est baronne. Elle est dans une belle maison à elle, de l'autre côté de l'eau. Son mari est revenu. Dame ! il a rapporté des mille et des cents. L'on dit qu'elle pourrait acheter tout le quartier Saint-Jacques, si elle le voulait. Elle m'a donné *gratis* son fonds et son restant de bail. Ah ! c'est une bonne femme tout de même ! Elle n'est pas plus fière aujourd'hui qu'elle ne l'était hier.

Raphaël monta lestement à sa mansarde, et quand il atteignit les dernières marches de l'escalier, il entendit les sons du piano.

Pauline était là modestement vêtue d'une robe de percaline ; mais la façon de la robe, les gants, le chapeau, le châle, négligemment jetés sur le lit, révélaient toute une fortune.

– Ah ! vous voilà donc ! s'écria Pauline en tournant la tête et se levant par un naïf mouvement de joie.

Raphaël vint s'asseoir près d'elle, rougissant, honteux, heureux ; il la regarda sans rien dire.

– Pourquoi nous avez-vous donc quittées ? reprit-elle en baissant les yeux au moment où son visage s'empourpra. Qu'êtes-vous devenu ?

– Ah ! Pauline, j'ai été, je suis bien malheureux encore !

– Là ! s'écria-t-elle tout attendrie. J'ai deviné votre sort hier en vous voyant bien mis, riche en apparence, mais en réalité, hein ! monsieur Raphaël, est-ce toujours comme autrefois ?

Valentin ne put retenir quelques larmes, elles roulèrent dans ses yeux, il s'écria :

– Pauline !... je...

Il n'acheva pas, ses yeux étincelèrent d'amour, et son cœur déborda dans son regard.

– Oh ! il m'aime, il m'aime ! s'écria Pauline.

Raphaël fit un signe de tête, car il se sentit hors d'état de prononcer une seule parole. À ce geste, la jeune fille lui prit la main, la serra, et lui dit tantôt riant, tantôt sanglotant :

– Riches, riches, heureux, riches, ta Pauline est riche. Mais moi, je devrais être bien pauvre aujourd'hui. J'ai mille fois dit que je paierais ce mot : *il m'aime*, de tous les trésors de la terre. Ô mon Raphaël ! j'ai des millions. Tu aimes le luxe, tu seras content ; mais tu dois aimer mon cœur aussi, il y a tant d'amour pour toi dans ce cœur ! Tu ne sais pas ? mon père est revenu. Je suis une riche héritière. Ma mère et lui me laissent entièrement maîtresse de mon sort ; je suis libre, comprends-tu ?

En proie à une sorte de délire, Raphaël tenait les mains de Pauline. Pauline se dégagea les mains, les jeta sur les épaules de Raphaël et le saisit ; ils se comprirent, se serrèrent et s'embrassèrent avec cette sainte et délicieuse ferveur, dégagée de toute arrière-pensée, dont se trouve empreint un seul baiser, le premier baiser par lequel deux âmes prennent possession d'elles-mêmes.

– Ah ! s'écria Pauline en retombant sur la chaise, je ne veux plus te quitter. Oh ! parle, parle, parle, dit-elle. Ta bouche a été si longtemps muette pour moi !

– Tu m'aimais donc ?

– Oh ! Dieu, si je t'aimais ! combien de fois j'ai pleuré, là, tiens, en faisant ta chambre, déplorant ta misère et la mienne. Je me serais vendue au démon pour t'éviter un chagrin !

« Va, Raphaël, en t'offrant mon cœur, ma personne, ma fortune, je ne te donnerais rien de plus aujourd'hui que le jour où j'ai mis là, dit-elle en montrant le tiroir de la table, certaine pièce de cent sous. Puisque nous sommes riches, mon trésor, je puis te dire tout. Pauvre enfant ! combien il est facile de tromper les hommes d'esprit ! Est-ce que tu pouvais avoir des gilets blancs et des chemises propres deux fois par semaine, pour trois francs de blanchissage par mois ? Mais tu buvais deux fois plus de lait qu'il ne t'en revenait pour ton argent. Je t'attrapais sur tout : le feu, l'huile, et l'argent donc ? Oh ! mon Raphaël, ne me prends pas pour femme, dit-elle en riant, je suis une personne trop astucieuse.

– Mais comment faisais-tu donc ?

– Je travaillais jusqu'à deux heures du matin, répondit-elle, et je donnais à ma mère une moitié du prix de mes écrans, à toi l'autre.

Ils se regardèrent pendant un moment, tous deux hébétés de joie et d'amour.

– Oh ! s'écria Raphaël, nous paierons sans doute, un jour, ce bonheur par quelque effroyable chagrin.

– Serais-tu marié ? cria Pauline. Ah ! je ne veux te céder à aucune femme.

– Je suis libre, ma chérie.

– Libre, répéta-t-elle. Libre, et à moi !

– Tu seras ma femme, mon bon génie. Ta présence a toujours dissipé mes chagrins et rafraîchi mon âme ; en ce moment, ton sourire angélique m'a pour ainsi dire purifié. Je crois commencer une nouvelle vie. Le passé cruel et mes tristes folies me semblent n'être plus que de mauvais songes. Je suis pur, près de toi. Je sens l'air du bonheur. Oh ! sois là toujours, ajouta-t-il en la pressant saintement sur son cœur palpitant.

XXXIX

– Où demeures-tu donc ?

– Rue Saint-Lazare. Et toi ?

– Rue de Varennes.

– Comme nous serons loin l'un de l'autre, jusqu'à ce que…

Elle s'arrêta en regardant son ami d'un air coquet et malicieux.

– Mais, répondit Raphaël, nous avons tout au plus une quinzaine de jours à rester séparés.

– Vrai ! dans quinze jours nous serons mariés ! (Elle sauta comme un enfant.) Oh ! je suis une fille dénaturée, reprit-elle, je ne pense plus ni à père, ni à mère, ni à rien dans le monde ! Tu ne sais pas, pauvre chéri ? mon père est bien malade. Il est revenu des Indes, bien souffrant. Il a manqué mourir au Havre, où nous sommes allées le chercher.

« Ah ! Dieu, s'écria-t-elle en regardant l'heure à sa montre, déjà trois heures. Je dois me trouver à son réveil, à quatre heures. Je suis la maîtresse au logis : ma mère fait toutes mes volontés, mon père m'adore, mais je ne veux pas abuser de leur bonté, ce serait mal ! Le pauvre père, c'est lui qui m'a envoyée aux Italiens hier, tu viendras le voir demain, n'est-ce pas ?

– Madame la marquise de Valentin veut-elle me faire l'honneur d'accepter mon bras ?

– Ah! je vais emporter la clé de cette chambre, reprit-elle. N'est-ce pas un palais, notre trésor?

– Pauline, encore un baiser?

– Mille! Mon Dieu, dit-elle en regardant Raphaël, ce sera toujours ainsi, je crois rêver.

Ils descendirent lentement l'escalier; puis, bien unis, marchant du même pas, tressaillant ensemble sous le poids du même bonheur, se serrant comme deux colombes, ils arrivèrent sur la place de la Sorbonne, où la voiture de Pauline attendait.

– Je veux aller chez toi! s'écria-t-elle. Je veux voir ta chambre, ton cabinet, et m'asseoir à la table sur laquelle tu travailles. Joseph, dit-elle à un valet, je vais rue de Varennes avant de retourner à la maison.

Et les deux amants furent en peu d'instants menés à l'hôtel de Valentin.

– Oh! que je suis contente d'avoir examiné tout cela! s'écria Pauline en chiffonnant la soie des rideaux qui drapaient le lit de Raphaël. Quand je m'endormirai, je serai là, en pensée. Je me figurerai ta chère tête sur cet oreiller. Dis-moi, Raphaël, tu n'as pris conseil de personne pour meubler ton hôtel?

– De personne.

– Bien vrai? Ce n'est pas une femme qui...

– Pauline!

– Oh! je me sens une affreuse jalousie. Tu as bon goût. Je veux avoir demain un lit pareil au tien.

Raphaël, ivre de bonheur, saisit Pauline.

Il serait fastidieux de consigner fidèlement ces adorables bavardages de l'amour auxquels l'accent, le regard, un geste intraduisible donnent seuls du prix.

Valentin reconduisit Pauline jusque chez elle, et revint ayant au cœur autant de plaisir que l'homme peut en ressentir et en porter ici-bas.

Quand il fut assis dans son fauteuil, près de son feu, pensant à la soudaine et complète réalisation de toutes ses espérances, une idée froide lui traversa l'âme comme l'acier d'un poignard perce une poitrine, il regarda la peau de chagrin, elle s'était légèrement rétrécie.

Il prit un compas, mesura ce que la matinée lui avait coûté d'existence :

– Je n'en ai pas pour deux mois, dit-il.

Une sueur glacée sortit de ses pores, tout à coup il obéit à un inexprimable mouvement de rage, et saisit la peau de chagrin en s'écriant :

– Je suis bien bête !

Il sortit, courut, traversa les jardins et jeta le talisman au fond d'un puits :

– Vogue la galère, dit-il. Au diable toutes ces sottises !

XL

Raphaël se laissa donc aller au bonheur d'aimer, et vécut cœur à cœur avec Pauline. Leur mariage, retardé par des difficultés peu intéressantes à raconter, devait se célébrer dans les premiers jours de mars.

Ils s'étaient éprouvés, ne doutaient point d'eux-mêmes, et le bonheur leur ayant révélé toute la puissance de leur affection, jamais deux âmes, deux caractères ne s'étaient aussi parfaitement unis qu'ils le furent par la passion; en s'étudiant ils s'aimèrent davantage: de part et d'autre même délicatesse, même pudeur, même volupté; point de nuages dans leur ciel; tour à tour les désirs de l'un faisaient la loi de l'autre.

Riches tous deux, ils ne connaissaient point de caprices qu'ils ne pussent satisfaire, et partant n'avaient point de caprices.

Vers la fin du mois de février, époque à laquelle d'assez beaux jours firent croire aux joies du printemps, un matin, Pauline et Raphaël déjeunaient ensemble dans une petite serre, espèce de salon rempli de fleurs, et de plain-pied avec le jardin. Leurs têtes joyeuses s'élevaient au-dessus des narcisses, des muguets et des roses du Bengale.

Dans cette serre voluptueuse et riche, les pieds foulaient une natte africaine colorée comme un tapis.

Un jeune chat accroupi sur la table où l'avait attiré l'odeur du lait se laissait barbouiller de café par Pauline; elle éclatait de rire à chacune de ses grimaces, et débitait mille plaisanteries pour empêcher Raphaël de lire le journal, qui, dix fois déjà, lui était tombé des mains.

Il abondait dans cette scène matinale un bonheur, inexprimable comme tout ce qui est naturel et vrai.

En ce moment le pas lourd du jardinier dont les souliers ferrés faisaient crier le sable des allées retentit près de la serre.

– Excusez, monsieur le marquis, si je vous interromps ainsi que madame, mais je vous apporte une curiosité comme je n'en ai jamais vu. En tirant tout à l'heure un seau d'eau, j'ai amené cette singulière plante marine! La voilà! Faut, tout de même, que ce soit bien accoutumé à l'eau, car ce n'était point mouillé, ni humide. C'était sec comme du bois, et point gras du tout. Comme monsieur le marquis est plus savant que moi certainement, j'ai pensé qu'il fallait la lui apporter, et que ça l'intéresserait.

Et le jardinier montrait à Raphaël l'inexorable peau de chagrin qui n'avait pas six pouces carrés de superficie.

– Merci, Vanière, dit Raphaël. Cette chose est très curieuse.

– Qu'as-tu, mon ange? tu pâlis! s'écria Pauline.

– Laissez-nous, Vanière.

– Ta voix m'effraie, reprit la jeune fille, elle est singulièrement altérée. Qu'as-tu? Où as-tu mal?

– Ma Pauline, tais-toi, répondit Raphaël qui recouvra son sang-froid. Sortons. Il y a près de moi une fleur dont le parfum m'incommode.

– Il se passe en toi quelque chose d'extraordinaire, Raphaël ? Sois vrai, je saurai bientôt ton secret. Donne-moi cela, dit-elle en prenant la peau de chagrin.

– Tu es mon bourreau ! cria le jeune homme en jetant un regard d'horreur sur le talisman.

– Quel changement de voix ! répondit Pauline qui laissa tomber le fatal symbole du destin.

– M'aimes-tu ? reprit-il.

– Si je t'aime, est-ce une question ?

– Eh bien ! laisse-moi, va-t'en !

La pauvre petite sortit.

XLI

– Quoi ! s'écria Raphaël quand il fut seul, dans un siècle de lumières où nous avons appris que les diamants sont les cristaux du carbone, à une époque où tout s'explique, dans un temps où nous ne croyons plus qu'aux paraphes des notaires, je croirais, moi ! à une espèce de *Mané, Thekel, Pharès*[1] ?

« Non, de par Dieu ! je ne penserai pas que l'Être suprême puisse trouver du plaisir à tourmenter une honnête créature. Allons voir les savants.

Il arriva bientôt, entre la Halle aux vins, immense recueil de tonneaux, et la Salpêtrière, immense séminaire d'ivrognerie, devant une petite mare où s'ébaudissaient des canards remarquables par la rareté des espèces et dont les ondoyantes couleurs, semblables aux vitraux d'une cathédrale, pétillaient sous les rayons du soleil.

1. Selon le Livre de Daniel, cette inscription apparaît en lettres de feu sur une muraille lorsque Balthazar, dernier roi de Babylone, fait servir lors de son festin sacrilège les vases sacrés autrefois enlevés au temple de Jérusalem par son père Nabuchodonosor. Le prophète Daniel interprète ainsi ces mots hébreux : « Ton règne a été compté ; pesé et trouvé trop léger ; ton royaume sera divisé. » La même nuit, Balthazar meurt. Et la Babylonie sera partagée entre les Perses et les Mèdes.

– Voilà M. Lavrille, dit un porte-clés à Raphaël qui avait demandé ce grand pontife de la zoologie.

Le marquis vit un petit homme profondément enfoncé dans quelques sages méditations à l'aspect de deux canards. Ce savant, entre deux âges, avait une physionomie douce, encore adoucie par un air obligeant.

Après quelques premières phrases de politesse, Raphaël crut nécessaire d'adresser à M. Lavrille un compliment banal sur ses canards.

– Oh! nous sommes riches en canards, répondit le naturaliste. Ce genre est d'ailleurs, comme vous le savez sans doute, le plus fécond de l'ordre des palmipèdes. Il commence au *cygne*, et finit au *canard zinzin*, en comprenant cent trente-sept variétés d'individus bien distincts.

«En vérité, monsieur, quand nous mangeons un canard, la plupart du temps nous ne nous doutons guère de l'étendue... Je me flatte d'obtenir une cent trente-huitième espèce à laquelle peut-être mon nom sera donné! Vous voyez, mon cher monsieur, que nous ne nous amusons pas ici. Je m'occupe en ce moment de la monographie du genre canard. Mais je suis à vos ordres.

En se dirigeant vers une assez jolie maison de la rue de Buffon, Raphaël soumit la peau de chagrin aux investigations de M. Lavrille.

– Je connais ce produit, répondit le savant après avoir braqué sa loupe sur le talisman. Ceci est, comme vous le savez sans doute, un des produits les plus curieux de la zoologie.

– Voyons ! s'écria Raphaël.

– Monsieur, répondit le savant en s'enfonçant dans son fauteuil, ceci est une peau d'âne.

– Je le sais, dit le jeune homme.

– Il existe en Perse, reprit le naturaliste, un âne extrêmement rare, l'onagre des anciens, *equus asinus*. Cet animal avait longtemps passé pour fantastique. Il est, comme vous le savez, célèbre dans l'Écriture sainte ; Moïse avait défendu de l'accoupler avec ses congénères. Le Muséum ne possède pas d'onagre.

« Quel superbe animal ! reprit le savant. Il est plein de mystères : son œil est muni d'une espèce de tapis réflecteur auquel les Orientaux attribuent le pouvoir de la fascination, sa robe est plus élégante et plus polie que ne l'est celle de nos plus beaux chevaux. Nos ânes dégénérés ne sauraient donner une idée de cet âne indépendant et fier. C'est le roi zoologique de l'Orient. Les superstitions turques et persanes lui donnent même une mystérieuse origine, et le nom de Salomon se mêle aux récits que les conteurs du Tibet et de la Tartarie font sur les prouesses attribuées à ces nobles animaux.

« La peau que vous me présentez, reprit le savant, est la peau d'un onagre. Nous varions sur l'origine du nom. Les uns prétendent que *chagri* est un mot turc, d'autres veulent que *chagri* soit la ville où cette dépouille zoologique subit une préparation chimique qui lui donne le grain particulier que nous admirons.

– Monsieur, j'ai eu l'honneur de vous faire observer que ce fragment était primitivement d'un volume égal... à cette carte géographique, dit Raphaël en montrant à Lavrille un atlas ouvert : or depuis trois mois elle s'est sensiblement contractée...

– Bien, reprit le savant, je comprends. Monsieur, toutes les dépouilles d'êtres primitivement organisés sont sujettes à un dépérissement naturel, facile à concevoir, et dont les progrès sont soumis aux influences atmosphériques. Les métaux eux-mêmes se dilatent ou se resserrent d'une manière sensible. La science est vaste, la vie humaine est bien courte. Aussi n'avons-nous pas la prétention de connaître tous les phénomènes de la nature.

– Monsieur, reprit Raphaël presque confus, excusez la demande que je vais vous faire. Êtes-vous bien sûr que cette peau soit soumise aux lois ordinaires de la zoologie, qu'elle puisse s'étendre ?

– Oh ! certes. Ah ! peste, dit M. Lavrille en essayant de tirer le talisman. Mais, monsieur, reprit-il, si vous voulez aller voir Planchette, le célèbre professeur de mécanique, il trouvera certainement un moyen d'agir sur cette peau, de l'amollir, de la distendre.

– Oh ! monsieur, vous me sauvez la vie.

Raphaël salua le savant naturaliste, et courut chez Planchette, en laissant le bon Lavrille au milieu de son cabinet rempli de bocaux et de plantes séchées.

XLII

Planchette était un grand homme sec, véritable poète perdu dans une perpétuelle contemplation, occupé à regarder toujours un abîme sans fond, LE MOUVEMENT.

Raphaël surprit le mécanicien planté sur ses deux jambes, comme un pendu tombé droit sous sa potence. Planchette examinait une bille d'agate qui roulait sur un cadran solaire, en attendant qu'elle s'y arrêtât.

Le pauvre homme n'était ni décoré, ni pensionné, car il ne savait pas enluminer ses calculs. Heureux de vivre à l'affût d'une découverte, il ne pensait ni à la gloire, ni au monde, ni à lui-même, et vivait dans la science pour la science.

«J'aurais pu vivre ainsi!» pensa Raphaël qui tira le savant de sa rêverie en lui demandant le moyen d'agir sur le talisman qu'il lui présenta.

– Dussiez-vous rire de ma crédulité, monsieur, dit le marquis en terminant, je ne vous cacherai rien. Cette peau me semble posséder une force de résistance contre laquelle rien ne peut prévaloir.

– Quel effet voulez-vous produire? La mécanique a pour but d'appliquer les lois du mouvement ou de les neutraliser. Quant au mouvement en lui-même, je vous le déclare avec humilité, nous sommes impuissants à le définir. Tout est mouvement. La pensée est un mouvement. La nature est établie sur le mouvement.

La mort est un mouvement dont les fins nous sont peu connues.

«Si Dieu est éternel, croyez qu'il est toujours en mouvement? Dieu est le mouvement, peut-être. Voilà pourquoi le mouvement est inexplicable comme lui; comme lui profond, sans bornes, incompréhensible, intangible. Qui jamais a touché, compris, mesuré le mouvement? Nous en sentons les effets sans les voir. Nous pouvons même le nier comme nous nions Dieu. Où est-il? où n'est-il pas? D'où part-il? Où en est le principe? Où en est la fin? Il nous enveloppe, nous presse et nous échappe. Il existe, monsieur, des modes infinis, des combinaisons sans bornes dans le mouvement. À quel effet vous arrêtez-vous?

– Monsieur, dit Raphaël impatienté, je désire une pression quelconque assez forte pour étendre indéfiniment cette peau...

– La substance étant finie, répondit le mathématicien, ne saurait être indéfiniment distendue, mais la compression multipliera nécessairement l'étendue de sa surface aux dépens de l'épaisseur; elle s'amincira jusqu'à ce que la matière manque...

– Obtenez ce résultat, monsieur, s'écria Raphaël, et vous aurez gagné des millions! Si cette peau s'étend, je vous promets de fonder un prix de cent mille francs pour le plus beau problème de mécanique résolu dans chaque période de dix ans, de doter vos cousines, arrière-cousines, enfin de bâtir un hôpital destiné aux mathématiciens devenus fous ou pauvres.

– Ce serait fort utile, dit Planchette. Monsieur, reprit-il avec le calme d'un homme vivant dans une sphère tout intellectuelle, nous irons demain chez Spieghalter. Ce mécanicien distingué vient de fabriquer, d'après mes plans, une machine perfectionnée avec laquelle un enfant pourrait faire tenir mille bottes de foin dans son chapeau.

– À demain, monsieur.

– À demain.

– Parlez-moi de la mécanique ! s'écria Raphaël. N'est-ce pas la plus belle de toutes les sciences ? L'autre avec ses onagres, ses classements, ses canards, ses genres et ses bocaux pleins de monstres, est tout au plus bon à marquer les points dans un billard public.

XLIII

Le lendemain, Raphaël tout joyeux vint chercher Planchette, et ils allèrent ensemble dans la rue de la Santé, nom de favorable augure.

Chez Spieghalter, le jeune homme se trouva dans un établissement immense, ses regards tombèrent sur une multitude de forges rouges et rugissantes. C'était une pluie de feu, un déluge de clous, un océan de pistons, de vis, de leviers, de traverses, de limes, d'écrous, une mer de fontes, de bois, de soupapes et d'aciers en barres. Il y avait du fer dans la température, les hommes étaient couverts de fer, tout puait le fer, le fer avait une vie, il était organisé, il se fluidifiait, marchait, pensait en prenant toutes les formes, en obéissant à tous les caprices.

À travers les hurlements des soufflets, les *crescendo* des marteaux, les sifflements des tours qui faisaient grogner le fer, Raphaël arriva dans une grande pièce, propre et bien aérée, où il put contempler à son aise la presse immense dont lui avait parlé Planchette.

– Si vous tourniez sept fois cette manivelle avec promptitude, lui dit Spieghalter en lui montrant un balancier de fer poli, vous feriez jaillir une planche d'acier en des milliers de jets qui vous entreraient dans les jambes comme des aiguilles.

– Peste ! s'écria Raphaël.

Planchette glissa lui-même la peau de chagrin entre les deux platines de la presse souveraine, et, plein de cette sécurité que donnent les convictions scientifiques, il manœuvra vivement le balancier.

– Couchez-vous tous, nous sommes morts ! cria Spieghalter d'une voix tonnante en se laissant tomber lui-même à terre.

Un sifflement horrible retentit dans les ateliers. L'eau contenue dans la machine brisa la fonte, produisit un jet d'une puissance incommensurable, et se dirigea heureusement sur une vieille forge qu'elle renversa, bouleversa, tordit comme une trombe entortille une maison et l'emporte avec elle.

– Oh ! dit tranquillement Planchette, le chagrin est sain comme mon œil ! Maître Spieghalter, il y avait une paille dans votre fonte.

– Non, non, je connais ma fonte. Monsieur peut remporter son outil, le diable est logé dedans.

L'Allemand saisit un marteau de forgeron, jeta la peau sur une enclume, et, de toute la force que donne la colère, déchargea sur le talisman le plus terrible coup qui jamais eût mugi dans ses ateliers.

– Il n'y paraît seulement pas ! s'écria Planchette en caressant le chagrin rebelle.

Les ouvriers accoururent. Le contremaître prit la peau et la plongea dans le charbon de terre d'une forge. Tous rangés en demi-cercle autour du feu, attendirent avec impatience le jeu d'un énorme soufflet. Raphaël, Spieghalter, le professeur Planchette occupaient le centre de cette foule noire et attentive.

Le contremaître saisit la peau avec des pinces après l'avoir laissée dans le foyer pendant dix minutes.

– Rendez-la-moi, dit Raphaël.

Le contremaître la présenta par plaisanterie à Raphaël. Le marquis mania facilement la peau froide et souple sous ses doigts.

Un cri d'horreur s'éleva, les ouvriers s'enfuirent, Valentin resta seul avec Planchette dans l'atelier désert.

– Il y a décidément quelque chose de diabolique là-dedans ! s'écria Raphaël au désespoir. Aucune puissance humaine ne saurait donc me donner un jour de plus !

– Monsieur, j'ai tort, répondit le mathématicien d'un air contrit, nous devions soumettre cette peau singulière à l'action d'un laminoir. Où avais-je les yeux en vous proposant une pression ?

– C'est moi qui l'ai demandée, répliqua Raphaël.

Le savant respira comme un coupable acquitté par douze jurés. Cependant intéressé par le problème étrange que lui offrait cette peau, il réfléchit un moment et dit :

– Il faut traiter cette substance inconnue par des réactifs. Allons voir Japhet, la chimie sera peut-être plus heureuse que la mécanique.

Valentin mit son cheval au grand trot, dans l'espoir de rencontrer le fameux chimiste Japhet à son laboratoire.

– Eh bien, mon vieil ami, dit Planchette en apercevant Japhet assis dans un fauteuil et contemplant un précipité, comment va la chimie ?

– Elle s'endort. Rien de neuf. L'Académie a cependant reconnu l'existence de la salicine.

– Tiens, dit le professeur Planchette au chimiste, essaie de nous décomposer cette substance, si tu en extrais un principe quelconque, je le nomme d'avance la *diaboline*, car en voulant la comprimer, nous venons de briser une presse hydraulique.

– Voyons, voyons cela ! s'écria joyeusement le chimiste, ce sera peut-être un nouveau corps simple.

– Monsieur, dit Raphaël, c'est tout simplement un morceau de peau d'âne.

– Voyons, nous allons lui faire boire un peu d'acide phthorique.

Soumise à l'action de ce principe, si prompt à désorganiser les tissus animaux, la peau ne subit aucune altération.

– Ce n'est pas du chagrin ! s'écria le chimiste. Monsieur, dit-il à Raphaël, laissez-moi prendre un morceau de cette singulière substance, elle est si extraordinaire…

– Un morceau ! s'écria Raphaël, pas seulement la valeur d'un cheveu. D'ailleurs essayez, dit-il d'un air tout à la fois triste et goguenard.

Le savant cassa un rasoir en voulant entamer la peau, il tenta de la briser par une forte décharge d'électricité, puis il la soumit à l'action de la pile voltaïque, enfin les foudres de sa science échouèrent sur le terrible talisman.

Il était sept heures du soir. Planchette, Japhet et Raphaël, ne s'apercevant pas de la fuite du temps, attendaient le résultat d'une dernière expérience. Le chagrin sortit victorieux d'un épouvantable choc auquel il avait été soumis, grâce à une quantité raisonnable de chlorure d'azote.

– Je suis perdu ! s'écria Raphaël. Dieu est là. Je vais mourir.

Il laissa les deux savants stupéfaits.

– Gardons-nous bien de raconter cette aventure à l'Académie, nos collègues s'y moqueraient de nous, dit Planchette au chimiste après une longue pause pendant laquelle ils se regardèrent sans oser se communiquer leurs pensées.

XLIV

En rentrant chez lui, Valentin était en proie à une rage froide ; il ne croyait plus à rien, ses idées se brouillaient dans sa cervelle, tournoyaient et vacillaient comme celles de tout homme en présence d'un fait impossible. Il avait cru volontiers à quelque défaut secret dans la machine de Spieghalter, l'impuissance de la science et du feu ne l'étonnait pas ; mais la souplesse de la peau quand il la maniait, mais sa dureté lorsque les moyens de destruction mis à la disposition de l'homme étaient dirigés sur elle, l'épouvantaient. Ce fait incontestable lui donnait le vertige.

« Je suis fou, se dit-il. Quoique depuis ce matin je sois à jeun, je n'ai ni faim ni soif, et je sens dans ma poitrine un foyer qui me brûle. »

Il remit la peau de chagrin dans le cadre où elle avait été naguère enfermée, et après avoir décrit par une ligne d'encre rouge le contour actuel du talisman, il s'assit dans son fauteuil.

– Déjà huit heures ! s'écria-t-il. Cette journée a passé comme un songe.

Il s'accouda sur le bras du fauteuil, s'appuya la tête dans sa main gauche, et resta perdu dans une de ces méditations funèbres, dans ces pensées dévorantes dont le secret est emporté par les condamnés à mort.

En ce moment il entendit très distinctement un soupir étouffé, et reconnut par un des plus touchants privilèges de la passion le souffle de sa Pauline. Il vit à travers les rideaux diaphanes la figure de Pauline souriant comme un enfant heureux d'une malice qui réussit.

– J'ai séduit Jonathas, dit-elle. Ce lit ne m'appartient-il pas, à moi qui suis ta femme ? Ne me gronde pas, chéri, je ne voulais que dormir près de toi, te surprendre. Pardonne-moi cette folie…

XLV

Vers les neuf heures du matin, le jour passait à travers les fentes des persiennes. Un rayon de soleil venait mourir sur le mol édredon que les jeux de l'amour avaient jeté par terre. Suspendue à une grande psyché, la robe de Pauline se dessinait comme une vaporeuse apparition. Les souliers mignons avaient été laissés loin du lit. Un rossignol vint se poser sur l'appui de la fenêtre, ses gazouillements répétés, le bruit de ses ailes soudainement déployées quand il s'envola, réveillèrent Raphaël.

– Pour mourir, dit-il en achevant une pensée commencée dans son rêve, il faut que ce mécanisme de chair et d'os animé par ma volonté, et qui fait de moi un individu *homme*, présente une lésion sensible. Les médecins doivent connaître les symptômes de la vitalité attaquée, et pouvoir me dire si je suis en santé ou malade.

Il contempla sa femme endormie. Gracieusement étendue comme un jeune enfant et le visage tourné vers lui, Pauline semblait le regarder encore en lui tendant une jolie bouche entrouverte par un souffle égal et pur.

Raphaël attendri contempla cette chambre chargée d'amour, pleine de souvenirs, où le jour prenait des teintes voluptueuses, et revint à cette femme aux formes pures, jeunes, aimante encore, dont surtout les sentiments étaient à lui sans partage. Il désira vivre toujours.

Quand son regard tomba sur Pauline, elle ouvrit aussitôt les yeux comme si un rayon de soleil l'eût frappée.

– Bonjour, ami! dit-elle en souriant.

– Pourquoi t'es-tu réveillée? dit Raphaël. J'avais tant de plaisir à te voir endormie, j'en pleurais.

– Et moi aussi, répondit-elle, j'ai pleuré cette nuit en te contemplant dans ton repos, mais non pas de joie. Écoute, mon Raphaël. Lorsque tu dors, ta respiration n'est pas franche, il y a dans ta poitrine quelque chose qui résonne, et qui m'a fait peur. Tu as pendant ton sommeil une petite toux sèche, absolument semblable à celle de mon père qui meurt d'une phtisie. J'ai reconnu dans le bruit de tes poumons quelques-uns des effets bizarres de cette maladie. Puis tu avais la fièvre, j'en suis sûre, ta main était moite et brûlante.

« Chéri! tu es jeune, dit-elle en frissonnant, tu pourrais te guérir encore si, par malheur… Mais non, s'écria-t-elle joyeusement, il n'y a pas de malheur, la maladie se gagne, disent les médecins! Je ne désire pas vivre vieille, dit-elle. Mourons jeunes tous deux, et allons dans le ciel les mains pleines de fleurs.

– Ces projets-là se font toujours quand nous sommes en bonne santé, répondit Raphaël en plongeant ses mains dans la chevelure de Pauline.

Mais il eut alors un horrible accès de toux, de ces toux graves et sonores qui semblent sortir d'un cercueil, qui font pâlir le front des malades et les laissent tremblants, tout en sueur, après avoir remué leurs nerfs, ébranlé leurs côtes, fatigué leur moelle épinière, et imprimé je ne sais quelle lourdeur à leurs veines.

Raphaël abattu, pâle, se coucha lentement, affaissé comme un homme dont toute la force s'est dissipée dans un dernier effort. Pauline le regarda d'un œil fixe, agrandi par la peur, et resta immobile, blanche, silencieuse.

– Ne faisons plus de folies, mon ange, dit-elle en voulant cacher à Raphaël les horribles pressentiments qui l'agitaient.

Elle se voila la figure de ses mains, car elle apercevait le hideux squelette de la MORT.

La tête de Raphaël était devenue livide et creuse comme un crâne arraché aux profondeurs d'un cimetière pour servir aux études de quelque savant.

XLVI

Quelques jours après cette scène de désolation, Raphaël se trouva par une matinée du mois de mars assis dans un fauteuil, entouré de quatre médecins qui l'avaient fait placer au jour devant la fenêtre de sa chambre, et tour à tour lui tâtaient le pouls, le palpaient, l'interrogeaient avec une apparence d'intérêt.

Le malade épiait leurs pensées en interprétant et leurs gestes et les moindres plis qui se formaient sur leurs fronts.

Cette consultation était sa dernière espérance. Ces juges suprêmes allaient lui prononcer un arrêt de vie ou de mort.

Aussi, pour arracher à la science humaine son dernier mot, Valentin avait-il convoqué les oracles de la médecine moderne. Grâce à sa fortune et à son nom, les trois systèmes entre lesquels flottent les connaissances humaines étaient là devant lui.

Trois de ces docteurs portaient avec eux toute la philosophie médicale.

Le quatrième médecin était Horace Bianchon, homme plein d'avenir et de science, le plus distingué peut-être des nouveaux médecins. Ami du marquis et de Rastignac, il lui avait donné ses soins depuis quelques jours, et l'aidait à répondre aux interrogations des trois professeurs auxquels il expliquait parfois, avec une sorte d'insistance, les diagnostics qui lui semblaient révéler une phtisie pulmonaire.

À force d'examiner les trois docteurs, Valentin ne découvrit en eux aucune sympathie pour ses maux. Tous trois, silencieux à chaque réponse, le toisaient avec indifférence et le questionnaient sans le plaindre. La nonchalance perçait à travers leur politesse. Soit certitude, soit réflexion, leurs paroles étaient si rares, si indolentes, que par moments Raphaël les crut distraits.

La figure d'Horace trahissait une peine profonde, un attendrissement plein de tristesse. Il était médecin depuis trop peu de temps pour être insensible devant la douleur et impassible près d'un lit funèbre ; il ne savait pas éteindre dans ses yeux les larmes amies qui empêchent un homme de voir clair et de saisir, comme un général d'armée, le moment propice à la victoire, sans écouter les cris des moribonds.

Après être restés pendant une demi-heure environ à prendre en quelque sorte la mesure de la maladie et du malade, comme un tailleur prend la mesure d'un habit à un jeune homme qui lui commande ses vêtements de noces, ils dirent quelques lieux communs, parlèrent même des affaires publiques ; puis ils voulurent passer dans le cabinet de Raphaël pour se communiquer leurs idées et rédiger la sentence.

– Messieurs, leur dit Valentin, ne puis-je donc assister au débat ?

Malgré les instances de leur malade, ils se refusèrent à délibérer en sa présence. Raphaël se soumit à l'usage, en pensant qu'il pouvait se glisser dans un couloir d'où il entendrait facilement les discussions médicales auxquelles les professeurs allaient se livrer.

– Le malade est monomane, mais il a deux cent mille livres de rente, ces monomanes-là sont fort rares, et nous leur devons au moins un avis. Résumons-nous. Il est malade, le fait est incontestable. Il lui faut un traitement quelconque. Mettons-lui des sangsues pour calmer l'irritation intestinale et la névrose, puis envoyons-le aux eaux. S'il est pulmonique, nous ne pouvons guère le sauver, ainsi…

Raphaël quitta promptement le couloir et vint se remettre dans son fauteuil. Bientôt les quatre médecins sortirent du cabinet. Horace porta la parole et lui dit :

– Ces messieurs ont unanimement reconnu la nécessité d'une application immédiate de sangsues à l'estomac, et l'urgence d'un traitement à la fois physique et moral. D'abord un régime diététique, afin de calmer l'irritation de votre organisme. Puis, un régime hygiénique pour régir votre moral. Ainsi nous vous conseillons unanimement d'aller aux eaux d'Aix en Savoie, ou à celles du Mont-Dore en Auvergne, si vous les préférez ; l'air et les sites de la Savoie sont plus agréables que ceux du Cantal, mais vous suivrez votre goût.

XLVII

Un mois après, au retour de la promenade et par une belle soirée d'été, quelques-unes des personnes venues aux eaux d'Aix se trouvèrent réunies dans les salons du Cercle.

Assis près d'une fenêtre et tournant le dos à l'assemblée, Raphaël resta longtemps seul, plongé dans une de ces rêveries machinales durant lesquelles nos pensées naissent, s'enchaînent, s'évanouissent sans revêtir de formes, et passent en nous comme de légers nuages à peine colorés. La tristesse est alors douce, la joie est vaporeuse, et l'âme est presque endormie.

Se laissant aller à cette vie sensuelle, Valentin se baignait dans la tiède atmosphère du soir en savourant l'air pur et parfumé des montagnes, heureux de ne sentir aucune douleur et d'avoir enfin réduit au silence sa menaçante peau de chagrin.

Au moment où les teintes rouges du couchant s'éteignirent sur les cimes, la température fraîchit, il quitta sa place en poussant la fenêtre.

– Monsieur, lui dit une vieille dame, auriez-vous la complaisance de ne pas fermer la croisée ? Nous étouffons.

Cette phrase déchira le tympan de Raphaël par des dissonances d'une aigreur singulière ; elle fut comme le mot que lâche imprudemment un homme à l'amitié duquel nous voulions croire, et qui détruit quelque douce illusion de sentiment en trahissant un abîme d'égoïsme.

Le marquis jeta sur la vieille femme le froid regard d'un diplomate impassible, il appela un valet, et lui dit sèchement quand il arriva :

– Ouvrez cette fenêtre !

À ces mots, une surprise insolite éclata sur tous les visages. L'assemblée se mit à chuchoter, en regardant le malade d'un air plus ou moins expressif, comme s'il eût commis quelque grave impertinence. Raphaël, qui n'avait pas entièrement dépouillé sa primitive timidité de jeune homme, eut un mouvement de honte ; mais il secoua sa torpeur, reprit son énergie et se demanda compte à lui-même de cette scène étrange.

Soudain un rapide mouvement anima son cerveau.

Puis, par un rare privilège d'intuition, il lut dans toutes les âmes : en découvrant sous la lueur d'un flambeau le crâne jaune, le profil sardonique d'un vieillard, il se rappela de lui avoir gagné son argent sans lui avoir proposé de prendre sa revanche ; plus loin il aperçut une jolie femme dont les agaceries l'avaient trouvé froid ; chaque visage lui reprochait un de ces torts inexplicables en apparence, mais dont le crime gît toujours dans une invisible blessure faite à l'amour-propre. Il avait involontairement froissé toutes les petites vanités qui gravitaient autour de lui.

En sondant ainsi les cœurs, il put en déchiffrer les pensées les plus secrètes ; il eut horreur de la société, de sa politesse, de son vernis. Riche et d'un esprit supérieur, il était envié, haï ; son silence trompait la curiosité, sa modestie semblait de la hauteur à ces gens mesquins et superficiels. Il devina le crime latent, irrémissible, dont il était coupable envers eux : il échappait à la juridiction de leur médiocrité.

En ce moment, il eut un violent accès de toux. Loin de recueillir une seule de ces paroles indifférentes en apparence, mais qui du moins simulent une espèce de compassion polie chez les personnes de bonne compagnie rassemblées par hasard, il entendit des interjections hostiles et des plaintes murmurées à voix basse.

– Sa maladie est contagieuse.

– Le président du Cercle devrait lui interdire l'entrée du salon.

– En bonne police, il est vraiment défendu de tousser ainsi.

– Quand un homme est aussi malade, il ne doit pas venir aux eaux.

Raphaël se leva pour se dérober à la malédiction générale, et se promena dans l'appartement. Il voulut trouver une protection, et revint près d'une jeune femme inoccupée à laquelle il médita d'adresser quelques flatteries ; mais, à son approche, elle lui tourna le dos, et feignit de regarder les danseurs.

Raphaël craignit d'avoir déjà pendant cette soirée usé de son talisman ; il ne se sentit ni la volonté, ni le courage d'entamer la conversation, quitta le salon et se réfugia dans la salle de billard. Là, personne ne lui parla, ne le salua, ne lui jeta le plus léger regard de bienveillance.

Son esprit naturellement méditatif lui révéla la cause générale et rationnelle de l'aversion qu'il avait excitée. Ce petit monde obéissait, sans le savoir peut-être, à la grande loi qui régit la haute société.

Le monde abhorre les douleurs et les infortunes, il les redoute à l'égal des contagions. Quelque majestueux que soit un malheur, la société sait l'amoindrir, le ridiculiser par une épigramme ; elle ne fait jamais grâce au gladiateur qui tombe ; elle vit d'or et de moquerie.

Si quelque volatile est endolori parmi ceux d'une basse-cour, les autres le poursuivent à coups de bec, le plument et l'assassinent.

Quiconque souffre de corps ou d'âme, manque d'argent ou de pouvoir, est un paria. Qu'il reste dans son désert ; s'il en franchit les limites, il trouve partout l'hiver : froideur de regards, froideur de manières, de paroles, de cœur ; heureux, s'il ne récolte pas l'insulte là où pour lui devait éclore une consolation.

Raphaël regarda autour de lui, et sentit ce froid sinistre que la société distille pour éloigner les misères, et qui saisit l'âme encore plus vivement que la bise de décembre ne glace le corps.

Il se croisa les bras sur la poitrine, s'appuya le dos à la muraille, et tomba dans une mélancolie profonde.

Quand il releva la tête, il se vit seul, les joueurs avaient fui. « Pour leur faire adorer ma toux, il me suffirait de leur révéler mon pouvoir ! » se dit-il.

À cette pensée, il jeta le mépris comme un manteau entre le monde et lui.

Le lendemain, le médecin des eaux vint le voir d'un air affectueux et s'inquiéta de sa santé. Raphaël éprouva un mouvement de joie en entendant les paroles amies qui lui furent adressées.

– Monsieur le marquis, dit-il après avoir causé longtemps avec Raphaël, je vais sans doute dissiper votre tristesse. Maintenant, je connais assez votre constitution pour affirmer que les médecins de Paris, dont les grands talents me sont connus, se sont trompés sur la nature de votre maladie. À moins d'accident, monsieur le marquis, vous pouvez vivre la vie de Mathusalem. Vos poumons sont aussi forts que des soufflets de forge, et votre estomac ferait honte à celui d'une autruche ; mais si vous restez dans une température élevée, vous risquez d'être très proprement et promptement mis en terre sainte.

« Vous êtes, s'il m'est permis de m'exprimer ainsi, suroxygéné par la complexion ardente des hommes destinés aux grandes passions. Une des conditions de votre existence est donc l'atmosphère épaisse des étables, des vallées. Oui, l'air vital de l'homme dévoré par le génie se trouve dans les gras pâturages de l'Allemagne. Si vous n'avez pas d'horreur de l'Angleterre, sa sphère brumeuse calmera votre incandescence ; mais nos eaux situées à mille pieds au-dessus du niveau de la Méditerranée vous sont funestes.

« Tel est mon avis, dit-il en laissant échapper un geste de modestie ; je le donne contre nos intérêts, puisque, si vous le suivez, nous aurons le malheur de vous perdre.

Sans ces derniers mots, Raphaël eût été séduit par la fausse bonhomie du mielleux médecin, mais il était trop profond observateur pour ne pas deviner à l'accent, au geste et au regard qui accompagnèrent cette phrase doucement railleuse, la mission dont le petit homme avait sans doute été chargé par l'assemblée de ses joyeux malades.

Raphaël accepta le combat en voyant un amusement dans cette intrigue.

– Puisque vous seriez désolé de mon départ, répondit-il au docteur, je vais essayer de mettre à profit votre bon conseil tout en restant ici. Dès demain, j'y ferai construire une maison où nous modifierons l'air suivant votre ordonnance.

Interprétant le sourire amèrement goguenard qui vint errer sur les lèvres de Raphaël, le médecin se contenta de le saluer, sans trouver un mot à lui dire.

XLVIII

Le lac du Bourget est une vaste coupe de montagnes tout ébréchée où brille, à sept ou huit cents pieds au-dessus de la Méditerranée, une goutte d'eau bleue comme ne l'est aucune eau dans le monde. Vu du haut de la Dent du Chat, ce lac est là comme une turquoise égarée. Ce lac est le seul où l'on puisse faire une confidence de cœur à cœur. On y pense et on y aime. En aucun endroit vous ne rencontreriez une plus belle entente entre l'eau, le ciel, les montagnes et la terre. Raphaël ne supportait son fardeau qu'au milieu de ce beau paysage, il y pouvait rester indolent, songeur, et sans désirs.

Après la visite du docteur, il alla se promener et se fit débarquer à la pointe déserte d'une jolie colline sur laquelle est situé le village de Saint-Innocent. De cette espèce de promontoire, Raphaël aimait à contempler, sur la rive opposée, l'abbaye mélancolique de Haute-Combe.

Un frissonnement égal et cadencé de rames troubla le silence de ce paysage et lui prêta une voix monotone.

Étonné de rencontrer des promeneurs dans cette partie du lac ordinairement solitaire, le marquis examina, sans sortir de sa rêverie, les personnes assises dans la barque, et reconnut à l'arrière la vieille dame qui l'avait si durement interpellé la veille. Quand le bateau passa devant Raphaël, il ne fut salué que par la demoiselle de compagnie de cette dame, pauvre fille noble qu'il lui semblait voir pour la première fois.

Déjà, depuis quelques instants, il avait oublié les promeneurs lorsqu'il entendit près de lui le frôlement d'une robe et le bruit de pas légers. En se retournant, il aperçut la demoiselle de compagnie; à son air contraint, il devina qu'elle voulait lui parler, et s'avança vers elle.

Âgée d'environ trente-six ans, grande et mince, sèche et froide, elle était, comme toutes les vieilles filles, assez embarrassée de son regard, qui ne s'accordait plus avec une démarche indécise, gênée, sans élasticité.

– Monsieur, votre vie est en danger, ne venez plus au Cercle, dit-elle à Raphaël en faisant quelques pas en arrière, comme si déjà sa vertu se trouvait compromise.

– Mais, mademoiselle, répondit Valentin en souriant, de grâce expliquez-vous plus clairement, puisque vous avez daigné venir jusqu'ici...

– Plusieurs jeunes gens qui veulent vous chasser des eaux se sont promis de vous provoquer, de vous forcer à vous battre en duel.

La voix de la vieille dame retentit dans le lointain.

– Mademoiselle, dit le marquis, ma reconnaissance...

Sa protectrice s'était déjà sauvée en entendant la voix de sa maîtresse qui, derechef, glapissait dans les rochers.

Le duel était-il une fable, ou voulait-on seulement lui faire peur?

Insolentes et tracassières comme des mouches, ces âmes étroites avaient réussi à piquer sa vanité, à réveiller son orgueil, à exciter sa curiosité.

Ne voulant ni devenir leur dupe, ni passer pour un lâche, et amusé peut-être par ce petit drame, il vint au Cercle le soir même.

Il se tint debout, accoudé sur le marbre de la cheminée, et resta tranquille au milieu du salon principal, en s'étudiant à ne donner aucune prise sur lui ; mais il examinait les visages, et défiait en quelque sorte l'assemblée par sa circonspection. Comme un dogue sûr de sa force, il attendait le combat chez lui, sans aboyer inutilement.

Vers la fin de la soirée, il se promena dans le salon de jeu, en allant de la porte d'entrée à celle du billard, où il jetait de temps à autre un coup d'œil aux jeunes gens qui y faisaient une partie.

Après quelques tours, il s'entendit nommer par eux.

Au moment où Valentin s'arrêta pour écouter attentivement la conversation, un jeune homme grand et fort, de bonne mine, mais ayant le regard fixe et impertinent des gens appuyés sur quelque pouvoir matériel, sortit du billard.

– Monsieur, dit-il d'un ton calme en s'adressant à Raphaël, je me suis chargé de vous apprendre une chose que vous semblez ignorer : votre figure et votre personne déplaisent ici à tout le monde, et à moi en particulier ; vous êtes trop poli pour ne pas vous sacrifier au bien général, et je vous prie de ne plus vous présenter au Cercle.

– Monsieur, cette plaisanterie, déjà faite sous l'Empire dans plusieurs garnisons, est devenue aujourd'hui de fort mauvais ton, répondit froidement Raphaël.

– Je ne plaisante pas, reprit le jeune homme, je vous le répète : votre santé souffrirait beaucoup de votre séjour ici ; la chaleur, les lumières, l'air du salon, la compagnie nuisent à votre maladie.

– Où avez-vous étudié la médecine ? demanda Raphaël.

– Monsieur, j'ai été reçu bachelier au tir de Lepage à Paris, et docteur chez Cérisier, le roi du fleuret.

– Il vous reste un dernier grade à prendre, répliqua Valentin, étudiez le Code de la politesse, vous serez un parfait gentilhomme.

En ce moment les jeunes gens, souriant ou silencieux, sortirent du billard. Les autres joueurs, devenus attentifs, quittèrent leurs cartes pour écouter une querelle qui réjouissait leurs passions.

Seul au milieu de ce monde ennemi, Raphaël tâcha de conserver son sang-froid et de ne pas se donner le moindre tort ; mais son antagoniste s'étant permis un sarcasme où l'outrage s'enveloppait dans une forme éminemment incisive et spirituelle, il lui répondit gravement :

– Monsieur, il n'est plus permis aujourd'hui de donner un soufflet à un homme, mais je ne sais de quel mot flétrir une conduite aussi lâche que l'est la vôtre.

– Assez ! assez ! vous vous expliquerez demain, dirent plusieurs jeunes gens qui se jetèrent entre les deux champions.

Raphaël sortit du salon, passant pour l'offenseur, ayant accepté un rendez-vous près du château de Bordeau, dans une petite prairie en pente. Raphaël devait nécessairement ou garder le lit ou quitter les eaux d'Aix. La société triomphait.

Le lendemain, sur les huit heures du matin, l'adversaire de Raphaël, suivi de deux témoins et d'un chirurgien, arriva le premier sur le terrain.

– Nous serons très bien ici, il fait un temps superbe pour se battre ! s'écria-t-il gaiement en regardant la voûte bleue du ciel, les eaux du lac et les rochers sans la moindre arrière-pensée de doute ni de deuil. Si je le touche à l'épaule, dit-il en continuant, le mettrai-je bien au lit pour un mois, hein ! docteur ?

– Au moins, répondit le chirurgien.

Le bruit d'une voiture se fit entendre.

– Le voici, dirent les témoins qui bientôt aperçurent dans la route une calèche de voyage attelée de quatre chevaux et menée par deux postillons.

À un duel comme au jeu, les plus légers incidents influent sur l'imagination des acteurs fortement intéressés au succès d'un coup ; aussi le jeune homme attendit-il avec une sorte d'inquiétude l'arrivée de cette voiture qui resta sur la route.

Le vieux Jonathas en descendit lourdement le premier pour aider Raphaël à sortir. Les quatre spectateurs de cette scène singulière éprouvèrent une émotion profonde à l'aspect de Valentin appuyé sur le bras de son serviteur : pâle et défait, il marchait en goutteux, baissait la tête et ne disait mot. Vous eussiez dit de deux vieillards également détruits, l'un par le temps, l'autre par la pensée ; le premier avait son âge écrit sur ses cheveux blancs, le jeune n'avait plus d'âge.

– Monsieur, je n'ai pas dormi, dit Raphaël à son adversaire.

Cette parole glaciale et le regard terrible qui l'accompagna firent tressaillir le véritable provocateur, il eut la conscience de son tort et une honte secrète de sa conduite. Il y avait dans l'attitude, dans le son de voix et le geste de Raphaël quelque chose d'étrange.

Le marquis fit une pause, et chacun imita son silence. L'inquiétude et l'attention étaient au comble.

– Il est encore temps, reprit-il, de me donner une légère satisfaction ; mais donnez-la-moi, monsieur, sinon vous allez mourir. Vous comptez encore en ce moment sur votre habileté, sans reculer à l'idée d'un combat où vous croyez avoir tout l'avantage. Eh bien ! monsieur, je suis généreux, je vous préviens de ma supériorité. Je possède une terrible puissance. Pour anéantir votre adresse, pour vous tuer même, il me suffit de le désirer. Je ne veux pas être obligé d'exercer mon pouvoir, il me coûte trop cher d'en user. Vous ne serez pas le seul à mourir. Si donc vous vous refusez à me présenter des excuses, votre balle ira dans l'eau de cette cascade malgré votre habitude de l'assassinat, et la mienne droit à votre cœur sans que je le vise.

En ce moment des voix confuses interrompirent Raphaël. En prononçant ces paroles, le marquis avait constamment dirigé sur son adversaire l'insupportable clarté de son regard fixe, il s'était redressé en montrant un visage impassible, semblable à celui d'un fou méchant.

– Fais-le taire, avait dit le jeune homme à son témoin, sa voix me tord les entrailles !

– Monsieur, cessez. Vos discours sont inutiles ! crièrent à Raphaël le chirurgien et les témoins.

– Messieurs, je remplis un devoir. Ce jeune homme a-t-il des dispositions à prendre ?

– Assez, assez !

Le marquis resta debout, immobile, sans perdre un instant de vue son adversaire qui, dominé par une puissance presque magique, était comme un oiseau devant un serpent.

– Donne-moi de l'eau, j'ai soif, dit-il à son témoin.

– As-tu peur ?

– Oui, répondit-il. L'œil de cet homme est brûlant et me fascine.

– Veux-tu lui faire des excuses ?

– Il n'est plus temps.

Les deux adversaires furent placés à quinze pas l'un de l'autre. Ils avaient chacun près d'eux une paire de pistolets, et, suivant le programme de cette cérémonie, ils devaient tirer deux coups à volonté, mais après le signal donné par les témoins.

– Que fais-tu, Charles ? cria le jeune homme qui servait de second à l'adversaire de Raphaël, tu prends la balle avant la poudre.

– Je suis mort, répondit-il en murmurant, vous m'avez mis en face du soleil.

– Il est derrière vous, lui dit Valentin d'une voix grave et solennelle en chargeant son pistolet lentement sans s'inquiéter ni du signal déjà donné, ni du soin avec lequel l'ajustait son adversaire.

Cette sécurité surnaturelle avait quelque chose de terrible qui saisit même les deux postillons amenés là par une curiosité cruelle. Jouant avec son pouvoir, ou voulant l'éprouver, Raphaël parlait à Jonathas et le regardait au moment où il essuya le feu de son ennemi. La balle de Charles alla briser une branche de saule, et ricocha sur l'eau.

En tirant au hasard, Raphaël atteignit son adversaire au cœur, et, sans faire attention à la chute de ce jeune homme, il chercha promptement la peau de chagrin pour voir ce que lui coûtait une vie humaine. Le talisman n'était plus grand que comme une petite feuille de chêne.

– Eh bien! que regardez-vous donc là, postillons? en route, dit le marquis.

Arrivé le soir même en France, il prit aussitôt la route d'Auvergne, et se rendit aux eaux du Mont-Dore.

XLIX

Aux eaux du Mont-Dore, il retrouva ce monde qui toujours s'éloignait de lui avec l'empressement que les animaux mettent à fuir un des leurs, étendu mort après l'avoir flairé de loin. Cette haine était réciproque. Sa dernière aventure lui avait donné une aversion profonde pour la société.

Aussi, son premier soin fut-il de chercher un asile écarté aux environs des eaux.

À peu près à une demi-lieue du village, Raphaël se trouva dans un endroit où, coquette et joyeuse comme un enfant, la nature semblait avoir pris plaisir à cacher des trésors; en voyant cette retraite pittoresque et naïve, il résolut d'y vivre.

Figurez-vous un cône renversé, mais un cône de granit largement évasé, espèce de cuvette dont les bords étaient morcelés par des anfractuosités bizarres.

Au fond de cette coupe, peut-être l'ancien cratère d'un volcan, se trouvait un étang dont l'eau pure avait l'éclat du diamant. Irrégulièrement taillé en dents de loup comme le bas d'une robe, l'étang pouvait avoir trois arpents d'étendue.

Quand le soleil planait au-dessus du vieux cratère, rempli d'eau par quelque révolution antédiluvienne, les flancs rocailleux s'échauffaient, l'ancien volcan s'allumait, et sa rapide chaleur réveillait les germes, fécondait la végétation, colorait les fleurs, et mûrissait les fruits de ce petit coin de terre ignoré.

Lorsque Raphaël y parvint, il aperçut quelques vaches paissant dans la prairie ; après avoir fait quelques pas vers l'étang, il vit, à l'endroit où le terrain avait le plus de largeur, une modeste maison bâtie en granit et couverte en bois. Le toit de cette espèce de chaumière, en harmonie avec le site, était orné de mousses, de lierres et de fleurs. Une fumée grêle, dont les oiseaux ne s'effrayaient plus, s'échappait de la cheminée en ruine. À la porte, un grand banc était placé entre deux chèvrefeuilles énormes, rouges de fleurs et qui embaumaient. À peine voyait-on les murs sous les pampres de la vigne et sous les guirlandes de roses et de jasmin qui croissaient à l'aventure et sans gêne.

Cette habitation ressemblait à ces nids d'oiseaux ingénieusement fixés au creux d'un rocher, pleins d'art et de négligence tout ensemble. C'était une nature naïve et bonne, une rusticité vraie.

Les tièdes senteurs des eaux, des fleurs et des grottes qui parfumaient ce réduit solitaire, causèrent à Raphaël une sensation presque voluptueuse.

Le silence majestueux qui régnait dans ce bocage fut interrompu tout à coup par les aboiements de deux chiens. Les vaches tournèrent la tête vers l'entrée du vallon, montrèrent à Raphaël leurs mufles humides, et se remirent à brouter après l'avoir stupidement contemplé. Suspendus dans les rochers comme par magie, une chèvre et son chevreau cabriolèrent et vinrent se poser sur une table de granit près de Raphaël, en paraissant l'interroger.

Les jappements des chiens attirèrent au-dehors un gros enfant qui resta béant, puis vint un vieillard en cheveux blancs et de moyenne taille. Ces deux êtres étaient en rapport avec le paysage, avec l'air, les fleurs et la maison. La santé débordait dans cette nature plantureuse, la vieillesse et l'enfance y étaient belles.

Bientôt une femme âgée d'environ trente ans apparut sur le seuil de la porte. C'était une Auvergnate, haute en couleur, l'air réjoui, franche, à dents blanches, figure de l'Auvergne, taille d'Auvergne, coiffure, robe de l'Auvergne, seins rebondis de l'Auvergne, et son parler ; une idéalisation complète du pays, mœurs laborieuses, ignorance, économie, cordialité, tout y était.

Elle salua Raphaël, ils entrèrent en conversation ; les chiens s'apaisèrent, le vieillard s'assit sur un banc au soleil, et l'enfant suivit sa mère partout où elle alla, silencieux, mais écoutant, examinant l'étranger.

– Vous n'avez pas peur ici, ma bonne femme ?

– Et d'où que nous aurions peur, monsieur ? D'ailleurs, dit-elle en faisant entrer le marquis dans la grande chambre de la maison, qu'est-ce que les voleurs viendraient donc prendre chez nous ?

Elle montrait çà et là, dans la chambre, un vieux lit de noyer à colonnes, une table à pieds tordus, des escabeaux, la huche au pain, du lard pendu au plancher, du sel dans un pot, une poêle ; et sur la cheminée, des plâtres jaunis et colorés.

En sortant de la maison, Raphaël aperçut, au milieu des rochers, un homme qui tenait une houe à la main, et qui penché, curieux, regardait la maison.

– Monsieur, c'est l'homme, dit l'Auvergnate en laissant échapper ce sourire familier aux paysannes ; il laboure là-haut.

– Et ce vieillard est votre père ?

– Faites excuse, monsieur, c'est le grand-père de notre homme. Tel que vous le voyez, il a cent deux ans. Eh ben ! dernièrement il a mené, à pied, notre petit gars à Clermont ! Ç'a été un homme fort ; maintenant, il ne fait plus que dormir, boire et manger. Il s'amuse toujours avec le petit gars. Quelquefois le petit l'emmène dans les hauts, il y va tout de même.

Aussitôt Valentin se résolut à vivre entre ce vieillard et cet enfant, à respirer dans leur atmosphère, à manger de leur pain, à boire de leur eau, à dormir de leur sommeil, à se faire de leur sang dans les veines. Caprice de mourant !

Il lui vint au cœur une profonde pensée d'égoïsme où s'engloutit l'univers. À ses yeux, il n'y eut plus d'univers, l'univers passa tout en lui.

Pour les malades, le monde commence au chevet et finit au pied de leur lit. Ce paysage fut le lit de Raphaël.

L

Qui n'a délicieusement regardé pendant longtemps l'effet de la pluie et du soleil sur un toit de tuiles brunes, ou contemplé les gouttes de la rosée, les pétales des fleurs, les découpures variées de leurs calices ? Qui ne s'est plongé dans ces rêveries matérielles, indolentes et occupées, sans but et conduisant néanmoins à quelque pensée ? Qui n'a pas enfin mené la vie de l'enfance, la vie paresseuse, la vie du sauvage, moins ses travaux ?

Ainsi vécut Raphaël pendant plusieurs jours, sans soins[1], sans désirs, éprouvant un mieux sensible, un bien-être extraordinaire, qui calma ses inquiétudes, apaisa ses souffrances. Il gravissait les rochers, et allait s'asseoir sur un pic d'où ses yeux embrassaient quelque paysage d'immense étendue. Là, il restait des journées entières comme une plante au soleil, comme un lièvre au gîte.

Il ne voulait plus être chargé de lui-même.

Valentin goûta les plaisirs d'une seconde enfance durant les premiers moments de son séjour au milieu de ce riant paysage. Il y allait dénichant des riens, entreprenant mille choses sans en achever aucune, oubliant le lendemain les projets de la veille, insouciant ; il fut heureux, il se crut sauvé.

1. Sans inquiétude, sans souci.

Un matin, il était resté par hasard au lit jusqu'à midi, quand tout à coup, sans savoir d'abord s'il ne continuait pas un rêve, il entendit, pour la première fois, le bulletin de sa santé donné par son hôtesse à Jonathas, venu, comme chaque jour, le lui demander. L'Auvergnate croyait sans doute Valentin encore endormi, et n'avait pas baissé le diapason de sa voix montagnarde.

– Ça ne va pas mieux, ça ne va pas pis, disait-elle. Il a encore toussé pendant toute cette nuit à rendre l'âme. Il tousse, il crache, ce cher monsieur, que c'est une pitié. Je me demandons, moi et mon homme, où il prend la force de tousser comme ça. Ça fend le cœur. Quelle damnée maladie qu'il a ! C'est qu'il n'est point bien du tout ! J'avons toujours peur de le trouver crevé dans son lit, un matin. Il est vraiment pâle comme un Jésus de cire ! Dame, je le vois quand il se lève, eh ben, son pauvre corps est maigre comme un cent de clous. Et il ne sent déjà pas bon tout de même ! Ça lui est égal, il se consume à courir comme s'il avait de la santé à vendre. Il a bien du courage tout de même de ne pas se plaindre. Mais, vraiment, il serait mieux en terre qu'en pré, car il souffre la passion de Dieu ! Je ne le désirons pas, monsieur, ce n'est point notre intérêt. Mais il ne nous donnerait pas ce qu'il nous donne que je l'aimerions tout de même : ce n'est point l'intérêt qui nous pousse. Ah ! mon Dieu ! reprit-elle, il n'y a que les Parisiens pour avoir de ces chiennes de maladies-là ! Où qui prennent ça, donc ? Pauvre jeune homme, il est sûr qu'il ne peut guère ben finir. C'te fièvre, voyez-vous, ça vous le mine, ça le creuse, ça le ruine ! Il ne s'en doute point. Il ne le sait point, monsieur. Il ne s'aperçoit de rien. Faut pas pleurer pour ça, monsieur Jonathas ! il faut se dire qu'il sera heureux de ne plus souffrir.

La voix de Raphaël était devenue trop faible pour qu'il pût se faire entendre, il fut donc obligé de subir cet épouvantable bavardage. Cependant l'impatience le chassa de son lit, il se montra sur le seuil de la porte :

– Vieux scélérat, cria-t-il à Jonathas, tu veux donc être mon bourreau ?

La paysanne crut voir un spectre et s'enfuit.

– Je te défends, dit Raphaël en continuant, d'avoir la moindre inquiétude sur ma santé.

– Oui, monsieur le marquis, répondit le vieux serviteur en essuyant ses larmes.

– Et tu feras même fort bien, dorénavant, de ne pas venir ici sans mon ordre.

Jonathas voulut obéir ; mais, avant de se retirer, il jeta sur le marquis un regard fidèle et compatissant où Raphaël lut son arrêt de mort.

Découragé, rendu tout à coup au sentiment vrai de sa situation, Valentin s'assit sur le seuil de la porte, se croisa les bras sur la poitrine et baissa la tête.

Jonathas, effrayé, s'approcha de son maître.

– Monsieur ?

– Va-t'en ! va-t'en ! lui cria le malade.

Pendant la matinée du lendemain, Raphaël, ayant gravi les rochers, s'était assis dans une crevasse pleine de mousse d'où il pouvait voir le chemin étroit par lequel on venait des eaux à son habitation. Au bas du pic, il aperçut Jonathas conversant derechef avec l'Auvergnate.

Pénétré d'horreur, il se réfugia sur les plus hautes cimes des montagnes et y resta jusqu'au soir, sans avoir pu chasser les sinistres pensées, si malheureusement réveillées dans son cœur par le cruel intérêt dont il était devenu l'objet.

Tout à coup l'Auvergnate elle-même se dressa soudain devant lui comme une ombre dans l'ombre du soir.

– Faut rentrer. Ça n'est pas sain de humer la rosée, avec ça que vous n'avez rien pris depuis ce matin.

– Par le tonnerre de Dieu, s'écria-t-il, vieille sorcière, je vous ordonne de me laisser vivre à ma guise, ou je décampe d'ici ! C'est bien assez de me creuser ma fosse tous les matins, au moins ne la fouillez pas le soir.

– Votre fosse ! monsieur ! Creuser votre fosse ! Où qu'elle est donc, votre fosse ? La fosse ! nous y sommes toujours assez tôt, dans la fosse. Prenez mon bras, monsieur.

– Non.

Le sentiment que l'homme supporte le plus difficilement est la pitié, surtout quand il la mérite. La haine est un tonique, elle fait vivre, elle inspire la vengeance ; mais la pitié tue, elle affaiblit encore notre faiblesse.

Raphaël trouva chez le centenaire une pitié triomphante, chez l'enfant une pitié curieuse, chez la femme une pitié tracassière, chez le mari une pitié intéressée ; mais, sous quelque forme que ce sentiment se montrât, il était toujours gros de mort. Cette pitié produisit au cœur de Raphaël un horrible poème de deuil et de mélancolie.

Un matin, il vit deux hommes vêtus de noir qui rôdèrent autour de lui, le flairèrent, et l'étudièrent à la dérobée ; puis, feignant d'être venus là pour se promener, ils lui adressèrent des questions banales auxquelles il répondit brièvement.

Il reconnut en eux le médecin et le curé des eaux, sans doute envoyés par Jonathas, consultés par ses hôtes ou attirés par l'odeur d'une mort prochaine.

Il entrevit alors son propre convoi, il entendit le chant des prêtres, il compta les cierges, et ne vit plus qu'à travers un crêpe les beautés de cette riche nature, au sein de laquelle il croyait avoir rencontré la vie. Tout ce qui naguère lui annonçait une longue existence lui prophétisait maintenant une fin prochaine.

Le lendemain, il partit pour Paris, après avoir été abreuvé des souhaits mélancoliques et cordialement plaintifs que ses hôtes lui adressèrent.

LI

Après avoir voyagé durant toute la nuit, il s'éveilla dans l'une des plus riantes vallées du Bourbonnais, dont les sites et les points de vue tourbillonnaient devant lui, rapidement emportés comme les images vaporeuses d'un songe.

La nature agitée, vivace comme un enfant, contenant à peine l'amour et la sève du mois de juin, attirait fatalement les regards éteints du malade.

Il leva les persiennes de sa voiture, et se remit à dormir.

Le lendemain il se trouva chez lui, dans sa chambre, au coin de sa cheminée. Il s'était fait allumer un grand feu, il avait froid ; Jonathas lui apporta des lettres, elles étaient toutes de Pauline. Il ouvrit la première sans empressement, et la déplia comme si c'eût été le papier grisâtre d'une sommation sans frais envoyée par le percepteur. Il lut la première phrase :

« Parti, mais c'est une fuite, mon Raphaël. Comment ! personne ne peut me dire où tu es ? Et si je ne le sais pas, qui donc le saurait ? »

Sans vouloir en apprendre davantage, il prit froidement les lettres et les jeta dans le foyer, en regardant d'un œil terne et sans chaleur les jeux de la flamme qui tordait le papier parfumé, le racornissait, le retournait, le morcelait. Des fragments roulèrent sur les cendres en lui laissant voir des commencements de phrase, des mots, des pensées à demi brûlées, et qu'il se plut à saisir dans la flamme par un divertissement machinal.

« *... Assise à ta porte... attendu... Caprice... j'obéis... Des rivales... moi, non!... ta Pauline... aime... plus de Pauline donc?... Si tu avais voulu me quitter, tu ne m'aurais pas abandonnée... Amour éternel... Mourir...* »

Ces mots lui donnèrent une sorte de remords : il saisit les pincettes et sauva des flammes un dernier lambeau de lettre.

« *...J'ai murmuré,* disait Pauline, *mais je ne me suis pas plainte, Raphaël. En me laissant loin de toi, tu as sans doute voulu me dérober le poids de quelques chagrins. Un jour, tu me tueras peut-être, mais tu es trop bon pour me faire souffrir. Eh bien! ne pars plus ainsi. Va, je puis affronter les plus grands supplices, mais près de toi. Le chagrin que tu m'imposerais ne serait plus un chagrin : j'ai dans le cœur encore bien plus d'amour que je ne t'en ai montré. Je puis tout supporter, hors de pleurer loin de toi, et de ne pas savoir ce que tu...* »

Raphaël posa sur la cheminée ce débris de lettre noirci par le feu, il le rejeta tout à coup dans le foyer. Ce papier était une image trop vive de son amour et de sa fatale vie.

– Va chercher M. Bianchon, dit-il à Jonathas.

Horace vint et trouva Raphaël au lit.

– Mon ami, peux-tu me composer une boisson légèrement opiacée qui m'entretienne dans une somnolence continuelle, sans que l'emploi constant de ce breuvage me fasse mal ?

– Rien n'est plus aisé, répondit le jeune docteur ; mais il faudra cependant rester debout quelques heures de la journée, pour manger.

– Quelques heures, dit Raphaël en l'interrompant, non, non, je ne veux être levé que durant une heure au plus.

– Quel est donc ton dessein ? demanda Bianchon.

– Dormir, c'est encore vivre, répondit le malade. Ne laisse entrer personne, fût-ce même Mlle Pauline de Vitschnau, dit Valentin à Jonathas pendant que le médecin écrivait son ordonnance.

– Eh bien, monsieur Horace, y a-t-il de la ressource ? demanda le vieux domestique au jeune docteur qu'il avait reconduit jusqu'au perron.

– Il peut aller encore longtemps, ou mourir ce soir. Chez lui, les chances de vie et de mort sont égales. Je n'y comprends rien, répondit le médecin en laissant échapper un geste de doute.

LII

Raphaël demeura pendant quelques jours plongé dans le néant de son sommeil factice. Grâce à la puissance matérielle exercée par l'opium sur notre âme immatérielle, cet homme d'imagination si puissamment active s'abaissa jusqu'à la hauteur de ces animaux paresseux qui croupissent au sein des forêts, sous la forme d'une dépouille végétale, sans faire un pas pour saisir une proie facile. Il avait même éteint la lumière du ciel, le jour n'entrait plus chez lui.

Vers les huit heures du soir, il sortait de son lit : sans avoir une conscience lucide de son existence, il satisfaisait sa faim, puis se recouchait aussitôt. Ses heures froides et ridées ne lui apportaient que de confuses images, des apparences, des clairs-obscurs sur un fond noir. Il s'était enseveli dans un profond silence, dans une négation de mouvement et d'intelligence.

Un soir, il se réveilla beaucoup plus tard que de coutume.

Il était environ minuit. À la lueur de la lampe, il vit assise sur son lit sa Pauline, mais Pauline embellie par l'absence et par la douleur. Des larmes avaient tracé leur route brillante sur ses joues, et y restaient suspendues, prêtes à tomber au moindre effort. Vêtue de blanc, la tête penchée et foulant à peine le lit, elle était là comme un ange descendu des cieux, comme une apparition qu'un souffle pouvait faire disparaître.

– Ah ! j'ai tout oublié, s'écria-t-elle au moment où Raphaël ouvrit les yeux. Je n'ai de voix que pour te dire : Je suis à toi ! Oui, mon cœur est tout amour. Ah ! jamais, ange de ma vie, tu n'as été si beau. Tes yeux foudroient. Mais je devine tout, va ! Tu as été chercher la santé sans moi...

– Fuis, fuis, laisse-moi, répondit enfin Raphaël d'une voix sourde. Mais va-t'en donc. Si tu restes là, je meurs. Veux-tu me voir mourir ?

– Mourir ! répéta-t-elle. Mourir, mais tu es jeune ! Mourir, mais je t'aime ! Mourir ! ajouta-t-elle d'une voix profonde et gutturale en lui prenant les mains par un mouvement de folie. Froides, dit-elle. Est-ce une illusion ?

Raphaël tira de dessous son chevet le lambeau de la peau de chagrin, fragile et petit comme la feuille d'une pervenche, et le lui montrant :

– Pauline, belle image de ma belle vie, disons-nous adieu, dit-il.

– Adieu ? répéta-t-elle d'un air surpris.

– Oui. Ceci est un talisman qui accomplit mes désirs, et représente ma vie. Vois ce qu'il m'en reste. Si tu me regardes encore, je vais mourir...

La jeune fille crut Valentin devenu fou, elle prit le talisman, et alla chercher la lampe. Éclairée par la lueur vacillante qui se projetait également sur Raphaël et sur le talisman, elle examina très attentivement et le visage de son amant et la dernière parcelle de la peau magique.

En la voyant belle de terreur et d'amour, il ne fut plus maître de sa pensée : les souvenirs des scènes caressantes et des joies délirantes de sa passion triomphèrent dans son âme depuis longtemps endormie, et s'y réveillèrent comme un foyer mal éteint.

– Pauline, viens ! Pauline !

Un cri terrible sortit du gosier de la jeune fille, ses yeux se dilatèrent, ses sourcils violemment tirés par une douleur inouïe, s'écartèrent avec horreur, elle lisait dans les yeux de Raphaël un de ces désirs furieux, jadis sa gloire à elle ; mais à mesure que grandissait ce désir, la peau, en se contractant, lui chatouillait la main.

Sans réfléchir, elle s'enfuit dans le salon voisin dont elle ferma la porte.

– Pauline ! Pauline ! cria le moribond en courant après elle, je t'aime, je t'adore, je te veux ! Je te maudis, si tu ne m'ouvres ! Je veux mourir à toi !

Par une force singulière, dernier éclat de vie, il jeta la porte à terre, et vit sa maîtresse à demi nue se roulant sur un canapé. Pauline avait tenté vainement de se déchirer le sein, et pour se donner une prompte mort, elle cherchait à s'étrangler avec son châle.

– Si je meurs, il vivra ! disait-elle en tâchant vainement de serrer le nœud.

Ses cheveux étaient épars, ses épaules nues, ses vêtements en désordre, et dans cette lutte avec la mort, les yeux en pleurs, le visage enflammé, se tordant sous un horrible désespoir, elle présentait à Raphaël, ivre d'amour, mille beautés qui augmentèrent son délire ; il se jeta sur elle avec la légèreté d'un oiseau de proie, brisa le châle, et voulut la prendre dans ses bras.

Le moribond chercha des paroles pour exprimer le désir qui dévorait toutes ses forces ; mais il ne trouva que les sons étranglés du râle dans sa poitrine, dont chaque respiration creusée plus avant, semblait partir de ses entrailles. Enfin, ne pouvant bientôt plus former de sons, il mordit Pauline au sein.

Jonathas se présenta tout épouvanté des cris qu'il entendait, et tenta d'arracher à la jeune fille le cadavre sur lequel elle s'était accroupie dans un coin.

– Que demandez-vous ? dit-elle. Il est à moi, je l'ai tué, ne l'avais-je pas prédit[1] ?

1. *Cf.* chapitre XXVIII (p. 105) : « Vous épouserez une femme riche ! [...] mais elle vous donnera bien du chagrin. Ah ! Dieu ! elle vous tuera. J'en suis sûre ! »

ÉPILOGUE

– Et que devint Pauline?

– Ah! Pauline, bien. Êtes-vous quelquefois resté par une douce soirée d'hiver devant votre foyer domestique, voluptueusement livré à des souvenirs d'amour ou de jeunesse en contemplant les rayures produites par le feu sur un morceau de chêne?

«Ici la combustion dessine les cases rouges d'un damier, là elle miroite des velours; de petites flammes bleues courent, bondissent et jouent sur le fond ardent du brasier.

«Vient un peintre inconnu qui se sert de cette flamme; par un artifice unique, il trace au sein de ces flamboyantes teintes violettes ou empourprées une figure supernaturelle et d'une délicatesse inouïe, phénomène fugitif que le hasard ne recommencera jamais: c'est une femme aux cheveux emportés par le vent, et dont le profil respire une passion délicieuse: du feu dans le feu! elle sourit, elle expire, vous ne la reverrez plus.

– Mais Pauline?

– Vous n'y êtes pas? je recommence. Place! place! Elle arrive, la voici la reine des illusions, la femme qui passe comme un baiser, la femme vive comme un éclair, comme lui jaillie brûlante du ciel, l'être incréé, tout esprit, tout amour. Elle a revêtu je ne sais quel corps de flamme, ou pour elle la flamme s'est un moment animée! Les lignes de ses formes sont d'une pureté qui vous dit qu'elle vient du ciel. Ne resplendit-elle pas comme un ange? n'entendez-vous pas le frémissement aérien de ses ailes? Plus légère que l'oiseau, elle s'abat près de vous et ses terribles yeux fascinent; sa douce, mais puissante haleine attire vos lèvres par une force magique; elle fuit et vous entraîne, vous ne sentez plus la terre. Vous tressaillez de tous vos nerfs, vous êtes tout désir, tout souffrance. Ô bonheur sans nom! vous avez touché les lèvres de cette femme; mais tout à coup une atroce douleur vous réveille.

« Ha! ha! votre tête a porté sur l'angle de votre lit, vous en avez embrassé l'acajou brun, les dorures froides, quelque bronze, un amour en cuivre.

– Mais, monsieur, Pauline!

– Encore! Écoutez. Par une belle matinée, en partant de Tours, un jeune homme embarqué sur la *Ville d'Angers* tenait dans sa main la main d'une jolie femme. Unis ainsi, tous deux admirèrent longtemps, au-dessus des larges eaux de la Loire, une blanche figure, artificiellement éclose au sein du brouillard comme un fruit des eaux et du soleil, ou comme un caprice des nuées et de l'air. Tour à tour ondine ou sylphide, cette fluide créature voltigeait dans les airs comme un mot vainement cherché qui court dans la mémoire sans se laisser saisir; elle se promenait entre les îles, elle agitait sa tête à travers les hauts peupliers; puis devenue gigantesque elle faisait ou resplendir les mille plis de sa robe, ou briller l'auréole décrite par le soleil autour de son visage; elle planait sur les hameaux, sur les collines, et semblait défendre au bateau à vapeur de passer devant le château d'Ussé. Vous eussiez dit le fantôme de la dame des Belles Cousines[1] qui voulait protéger son pays contre les invasions modernes.

– Bien, je comprends, ainsi de Pauline. Mais Fœdora ?

– Oh ! Fœdora, vous la rencontrerez. Elle était hier aux Bouffons, elle ira ce soir à l'Opéra, elle est partout. C'est, si vous voulez, la société.

Paris, 1830-1831.

1. Étrange allusion à l'*Histoire et plaisante chronique du petit Jehan de Saintré et de la dame des Belles Cousines* (1456), roman d'Antoine de La Sale, dont l'intrigue (la dame des Belles Cousines trompe le gentil page avec un abbé) semble sans rapport avec le personnage de Pauline.

REPÈRES BIOGRAPHIQUES

1799

Naissance à Tours, le 20 mai, d'Honoré Balzac (la particule n'apparaîtra dans la famille que quelques années plus tard). Son père, qui deviendra un notable de l'Empire, a trente-deux ans de plus que sa mère. Balzac a deux sœurs, Laure et Laurence, ainsi qu'un demi-frère, enfant illégitime né d'une liaison entre sa mère et le châtelain de Saché. Rejeté par sa mère, Balzac est mis en nourrice jusqu'à l'âge de quatre ans.

1804

Balzac est externe dans une pension de Tours. Il va y rester trois ans.

1807-1813

Il entre comme pensionnaire au collège oratorien de Vendôme. Pas une fois, durant ces années, il ne revient dans sa famille, ni n'a de vacances, et il reçoit fort peu de visites. En août 1813, il quitte ce collège, atteint d'une « espèce de coma », un état d'hébétude attribué à un abus de lectures.

1814

À la chute de l'Empire, la famille part pour Paris.

1815

Balzac entre à la pension Lepître.

1816

Il s'inscrit à la faculté de droit, ainsi qu'à la Sorbonne, et fait un stage de clerc chez un avoué, puis chez un notaire. Mais le théâtre et la philosophie l'attirent plus que la carrière juridique.

1819

Balzac quitte l'étude et décide de se lancer dans les lettres. Sa famille se résigne à le laisser tenter sa chance.

Il commet *Cromwell*, une tragédie en vers unanimement détestée par son entourage qui l'encourage vivement à tout faire, sauf écrire...

1820

Balzac rencontre Mme Laure de Berny à Villeparisis, où ses parents se sont retirés. Celle qu'il appellera plus tard «la Dilecta» a vingt-deux ans de plus que lui et tient, à ses côtés, le triple rôle de mère, d'amante et de confidente. Pour Balzac, la longue liaison qui commence sera loin d'être exclusive...

1821-1826

Il publie en collaboration et sous différents pseudonymes (A. de Viellerglé, Lord R'Hoone, Horace de Saint-Aubin) des œuvres qu'il qualifiera plus tard, au mieux, de petites opérations de littérature marchande et, au pire, de «véritables cochonneries littéraires». Mais ces galops d'essai n'en sont pas moins un excellent entraînement à la technique romanesque. Durant cette époque, il s'essaie également au journalisme. Mais, pièces ou romans, rien n'aboutit vraiment. Le succès se fait attendre et le découragement gagne.

1825

Balzac a une liaison avec la duchesse d'Abrantès, elle aussi son aînée de quinze ans. Elle introduit le jeune écrivain dans le monde.

Mort de Laurence, la sœur cadette de Balzac.

1826

Il tente une reconversion dans les affaires et s'improvise éditeur, puis imprimeur et fondeur de caractères. Toutes ses entreprises font faillite, engloutissant une partie des biens de sa famille. Laure de Berny sera aussi sa créancière et, jusqu'à la fin de ses jours, Balzac traînera une dette qui ne cessera de croître.

1829

Mort de Bernard-François de Balzac, son père. Publication des *Chouans* qui obtiennent un succès relatif. *Physiologie du mariage* paraît également, mais signé « par un jeune célibataire ». Cette année marque le début d'une surprenante production littéraire : pendant vingt ans, Balzac va remanier et publier environ quatre-vingt-cinq ouvrages.

1830

Balzac collabore à divers organes de presse ; on l'appelle la « providence des revues ». Parution des *Scènes de la vie privée*, comprenant notamment *La Maison du Chat-qui-pelote* et *La Paix du ménage*, l'ouvrage qui lui apporte, enfin, la célébrité.

1831

La Peau de chagrin confirme le succès des *Scènes de la vie privée*. Parution des *Contes philosophiques*. Balzac devient peu à peu un dandy au train de vie ruineux.

1832

Il adhère au très réactionnaire parti néo-carliste et devient un légitimiste acharné, défenseur du trône et de l'autel. Il publie *Le Colonel Chabert*, les *Contes drolatiques*, et tombe amoureux de la princesse de Castries qui lui fera subir quelques féroces déconvenues.

Cette même année, il reçoit une lettre d'une admiratrice anonyme et apprend qu'il s'agit d'une comtesse polonaise, Mme Hanska.

1833

Début de la correspondance avec Mme Hanska. Première esquisse de *La Comédie humaine*. Parution du *Médecin de campagne* et des *Scènes de la vie de province*, comprenant, entre autres, *Eugénie Grandet*. Balzac part pour la Suisse rencontrer Mme Hanska... et son mari.

1834

Au début de l'année, le 26 janvier – jour inoubliable, disait Balzac – marque le début de sa liaison avec Mme Hanska. Parution de *La Recherche de l'absolu* et des *Scènes de la vie parisienne*, dont *Histoire des Treize*: *Ferragus*, *La Fille aux yeux d'or*...

Décembre: *Le Père Goriot* commence de paraître dans la *Revue de Paris*.

1835

Publication de *Louis Lambert*. Balzac rejoint Mme Hanska à Vienne.

1836

Il fait quelques jours de prison pour n'avoir pas pris sa faction à la garde nationale. Cet été-là, il part pour l'Italie accompagné d'une jeune femme déguisée en homme... À son retour, il apprend la mort de Laure de Berny. Balzac et elle avaient cessé de se voir huit mois auparavant...

Balzac détient une participation majoritaire dans *La Chronique de Paris*, où il est également rédacteur. Mais le journal fait faillite.

1837

Parution de *César Birotteau*, de *La Vieille Fille*, et première partie d'*Illusions perdues*. Poursuivi pour dettes, Balzac trouve refuge chez la comtesse Guidoboni-Visconti, une autre de ses maîtresses, qui honorera ses créances et dont on dit qu'il eut un enfant.

1838

Début de *Splendeurs et Misères des courtisanes*. Les dépenses de Balzac, qui achète et aménage successivement plusieurs maisons et appartements, le mettent dans une situation financière délicate.

Il part pour la Sardaigne à la recherche des filons d'argent d'anciennes mines de plomb. Mais elles sont déjà exploitées. Il envisage aussi de cultiver l'ananas à Sèvres, au lieu-dit « Les Jardies », dont il s'est rendu acquéreur et qu'il va être obligé de revendre pour s'installer plus modestement rue Raynouard, où se situe l'actuelle « Maison de Balzac ».

Il s'inscrit à la Société des gens de lettres, dont il sera président dès l'année suivante, et défend les droits des auteurs.

1839

Premier échec à l'Académie française. Balzac s'efface en faveur de Victor Hugo qui ne sera pas non plus élu. Publication du *Cabinet des antiques* et deuxième partie d'*Illusions perdues*.

1840

Sa pièce, *Vautrin*, est interdite. Balzac fonde la *Revue parisienne*, dont il est aussi l'unique rédacteur, et qui durera le temps de trois numéros. On y lira son célèbre éloge de *La Chartreuse de Parme* et sa féroce critique du *Port-Royal* de Sainte-Beuve.

1842

Création des *Ressources de Quinola* au théâtre de l'Odéon : c'est un échec. Début de la publication de *La Comédie humaine*. Un groupe d'éditeurs se lance dans l'entreprise.

Parution de *La Rabouilleuse*.

1843

Balzac n'a pas vu Mme Hanska depuis huit ans. Elle est veuve depuis deux ans. Il la rejoint à Saint-Pétersbourg, mais elle se refuse encore à l'épouser.

Création à l'Odéon de *Paméla Giraud*, là encore un échec. Parution d'*Une ténébreuse affaire*, de *La Muse du département*, et fin d'*Illusions perdues*.

1844

Parution d'*Honorine*, de *Modeste Mignon*...

1845

Balzac voyage avec Mme Hanska et subit son deuxième échec à l'Académie française.

1846

Séjour à Rome en compagnie de Mme Hanska qui attend un enfant. Mais l'enfant est mort-né. Balzac est désespéré.

1847

Mme Hanska séjourne à Paris. Parution du *Cousin Pons*, de *La Cousine Bette* et fin de *Splendeurs et Misères des courtisanes*. Balzac a quarante-huit ans, il se sent malade, moins créatif, et ne cesse de voyager.

1848

Il part pour l'Ukraine rejoindre Mme Hanska, puis revient à Paris. Création de *La Marâtre*, un succès qui ouvre enfin à Balzac cette carrière d'auteur dramatique dont il rêve depuis si longtemps, mais dont il ne va guère profiter.

1849

Balzac subit deux nouveaux échecs à l'Académie. Sa santé s'altère, et il est victime de plusieurs crises cardiaques.

1850

Il épouse Mme Hanska en Ukraine. Tous deux regagnent Paris au mois de mai.

Balzac meurt trois mois plus tard, le 18 août. Victor Hugo lira son hommage posthume.

TABLE